木もれ日を縫う

谷　瑞恵

集英社文庫

もくじ

木もれ日を縫う

1　母の登場

母の夢を見た。

もう何年、母には会っていないだろう。就職してからろくに実家へは帰らなくなったから、五年は顔を見ていない。

小峰紬《こみねつむぎ》は、目覚まし時計が鳴るより早く眠りから抜け出してしまったことを悔やみながら、まだベッドの中でぼんやりと母のことを考えていた。薄暗い北向きの小部屋で、針と糸を動かしていた姿が思い浮かぶ。紬が思い出すのは決まってそうしている母で、たぶん夢に出てきた母も、そんな姿だったのではないだろうか。目が覚めたとたん、どんな夢だったのか忘れてしまったのに、母のイメージだけはまとわりついてなかなか消えない。

〝古い布をだいじにせんと、山姥《やまんば》が怒るでな〟

母は、古い布がお守り代わりになると思っていた。実家は山あいの町にあり、昔は山や池で子供が危険な目にあうことが少なくなかったというから、縁起をかつぎたいのはわからないでもなかった。しかし、どうして古い布を粗末にすると山姥が怒るのか、今でもよくわからない。

山姥というのが、山に住む妖怪だということくらいは、当時小学生だった紬も知っていたが、山を切り崩したり、木を切ったりしてはいけないのならともかく、どうして布を粗末にするなというのだろう。

母の祖母がやはりパッチワーク好きで、その昔にパッチワークなんて言葉があったかどうか紬は知らないが、古布《ふるぎれ》をつないでは何度も再利用していたという。山には山姥がいると信じていて、数々の物《もの》の怪《け》も信じていて、幼かった母に話をしては怖がらせたそうだ。

戦後生まれの母は、もう迷信を鵜呑《うの》みにする年代ではないと紬は思うが、パッチワークが何よりの趣味だったのはたしかだ。三女の紬がお古ばかりを着せられるくらいに、節約しなければならない家庭の事情もあったので、山姥の話は、お古に不満を言う娘を納得させるための口実だったのかもしれない。

そんな母が、失踪した。

しばらく畑に出ていないと心配した近所の人が、家を訪ねてみたところ、誰もいなかった。鍵は開けっ放しで、炊飯器にはごはんが保温のまま残されていた。

町中を、山やため池や雑木林もさがしてくれたが見つからず、警察に届けられ、娘である紬に連絡が入ったのだ。

それから一年半になるが、母はまだ見つかっていない。いなくなったのは秋頃で、その時期はキノコを採りに山へ入ることがあったといい、危険な目にあい帰れなくなったのではないかとささやかれた。

実家は何もかもがふだんのまま、生活臭が残ったままだったが、はぎれの入った箱だけがなくなっていた。四角くて深いあられの空き缶で、母は集めたはぎれをいつもそこへ入れていた。よくさがせばあったのかもしれない。古くなった箱を捨てて、別の入れ物を使っていた可能性もある。だから紬は、誰にもそのことを言っていない。

連絡を受けて実家へ駆けつけたとき、紬がふと感じたのは、なんの異変もないということだけだ。よく知った家、そのままだった。母はちょっと用事で出かけているだけ、夕方になったら戻ってくる、そんなふうだ。畑の野菜はほとんど枯れていたが、家の中はきれいに片付いていたし、毎日使うのだろうひとりぶんの食器はざるにあげられて、テーブルには新聞と老眼鏡が無造作に置かれていた。

何もかも、数年前まで紬が暮らしていた家と変わらなかった。早く出ていきたかったその家に、母だけがいなかった。いつも針と糸を動かしているはずの小部屋さえ空っぽで、小さな古い家も、人がいないことに気づいていないかのように、母の居場所に窓からの淡い光を集めていた。

都会のワンルームマンションにいると、紬はいまだに、母があの家にいないことを忘れそうになる。会っていなくても、声を聞くことさえなくても、母はそこにいるはずだった。家を思い浮かべれば、玄関脇のスリッパ立ても、ふすまに開いた穴もタンスの上のだるまも、変わらずそこにあるはずだとわかる。同じように、母もそこにいて、はぎれを縫っている。

だから、はぎれの箱のことは考えない。あれが戸棚か押入のどこかにあるのなら、母も、まだあの家にいると思えるから。忙しいから連絡できないというだけのこと。元気かなんて訊《き》くまでもなく、あの家にいる。これまでと何も変わらない。

会おうと思えばいつでも会える場所にいるのだ。ただ、会う必要がないだけ。

東京で就職したときから、紬は自分の故郷を意識して切り離したし、帰りたいと思ったことがなかった。母と疎遠になるのもしかたがないと思っていた。親から離れ、独り立ちをするというのはそういうことではないだろうか。

今となっては、薄暗い山も真っ黒な池も山姥も、紬にとって怖いものではない。古くさい布ではなく、真新しい服が彼女を守っている。

そう、新品でなければならない。まだ誰も持っていないような新製品。だから紬は、五万円もしたストールをくずかごに投げ入れ、買ったばかりのストールのタグを切って身にまとうのだ。

「それ、新しいストール？」

出社すると、同期の凜子《りんこ》が声をかけてきた。

「前のほうが、かっこよかったんじゃない？」

自分でもそう思うから、紬はため息をついた。

「そりゃあね、でもあれは……」

「マナミよね」

凜子がちらりと視線を向けるのは、フロアの中ほどにいるポニーテールの女性だ。ぱっちりした目のかわいらしいタイプだが、紬はできるだけ彼女を視界に入れないようにしている。

が、凜子につられてつい見てしまった。同時に、マナミの首元に、今朝紬が捨てたのと同じストールが巻かれているのが目に入ってしまい、早々に不愉快になった。

「あの子ね、紬にまねをされて困るって、藤井《ふじい》さんに愚痴ってたらしいよ」

「聞いたよ」

藤井均《ひとし》は、紬と同じ宣伝部の先輩だ。マナミは彼に好意を持っているらしい。

「わたしたちはわかってるけど、男性社員なんて、どっちが先に買ったかなんて気づいてないだろうし、聞いた話を鵜呑みにしちゃうよね」

でもまだ、凜子という味方がいるぶん心は慰められる。

「藤井さん、女を見る目がありそうなイメージだったのにな。もうマナミのアピールに引きずられてる？　そのうちカップル誕生ってなりそう」

「いいんじゃない？　べつに」

やさしい先輩だし、正直紬もあこがれている。でもそれを、マナミに見抜かれたかもしれないなら、だから彼女が藤井に近づいたなら、冗談じゃない。

どうして彼女は、紬を戸惑わせるのだろう。最初は親しげな彼女と仲良くなろうとしたが、そのうちに、紬の服やバッグを誰かがほめると、同じものを持ってくるようになった。同じ美容室に来るようになった。色分けした資料が見やすいと上司が紬をほめれば、マナミも同じようにした。

紬に対し、ライバル意識をむき出しにすることに気づき、彼女とは距離を置いた。会えば挨拶も世間話もする。表面上はお互い大人の対応だが、彼女が紬より目立とうと一生懸命なのは変わらない。

かといって、紬が社内でとくに目立っているわけではない。

服飾メーカーとあっておしゃれな人は少なくないし、同期の中にだってもっと目立っている人はいる。何も紬をターゲットにしなくてもと思うのだ。

「小峰さん、ちょっと」

上司に呼ばれ、紬は立ち上がった。凜子もさっと自分の席に着く。上司のデスクへ赴くと、先日紬が提出した企画書が置いてあった。

「これね、テーマの〝ボードゲーム〟は悪くないんだけど、同じイメージを使った企画がもう出てるの。これじゃあデザイン部には出せないから、ほかのを考えるか、今回はやめておくか、ね」

会社では、デザイナー職以外の社員でもアイディアを出せる機会が設けられている。流行を追うだけでなく、こんな服が着たいというふつうの感覚を取り入れるためだそうだ。働く世代の男女が主なターゲットなので、社員はちょうど購買層にあたる。

紬はできるだけチャレンジしているし、商品になったこともある。だから、上司の言葉は寝耳に水だった。

「えっ、似たものがあったんですか？　どのあたりでしょうか？」

「ダイスのパターンとか、オセロの白黒ボタンとか」

「そんなにそっくりだなんて、信じられません。わたし、じっくり考えたんです。オフィスのファッションにも遊びを取り入れようと思いついたものだし、子供っぽくならないようにシンプルにまとめたつもりですし、これはわたしのアイディアなんです」

紬は食い下がるが、上司は同情するように首を振る。

「わかってるわ。アイディアが重なることはあるものよ」

そうかもしれないけれど、紬には誰かが盗んだとしか思えなかった。ちょっとデスクから離れた隙に？　パソコンを閉じていないこともある。

そうしてそれが誰かといえば、ひとりしか思い浮かばない。

抗議する気にはなれなかった。偶然だとごまかされるだけなのは経験済みだ。以前に彼女が、同じバッグを持っていたので指摘したことがあったけれど、意味がなかった。それに企画となると、彼女が盗み見たという証拠もない。結局、先に提出した者勝ちだ。

その日は仕事に身が入らず、紬はため息ばかりついてしまった。

「元気ないね。何かあった？」

自販機のある休憩スペースで、缶コーヒーを一気飲みしていたところ、声をかけてきたのは藤井だった。

「いえ……」

腰に手を当てていたのがちょっと恥ずかしくて、急いで紬は両手でコーヒーを持ち直す。

「小峰さん、出身は名古屋だっけ」

「その近くです」

どうせ地名を言ってもわからないから、その説明ですませることが多いし、相手も納得してくれる。

「正月休みとか帰ってたの？」

「帰ってもすることないんで……。田舎だし。わたし、こっちにいるほうが落ち着くんです」

　母の失踪のことは、会社では誰にも言っていない。

「東京の人に見えるよね」

「いえいえ、藤井さんとは違いますよ」

　本当に彼はセンスがいい。自社ブランドのスーツは、安物ではないが高級というほどでもないといったところだが、着る人が違えばまったく違って見える。靴かネクタイかシャツなのか、たぶんちょっとしたところでおしゃれに差が出るのだ。だから紬は、自分の田舎くささが出てしまわないか常に気を遣っている。

　実家にいたころは、自分の周囲すべてが嫌いだった。山に囲まれ田畑ばかり、身近な大型スーパーには紬好みのファッションブランドはなかったし、こんな男の人はいなかった。学校で人気の男子だって、はっきり言って紬にはどこがいいのかわからなかった。何より私服のセンスがなっていなかった。

　名古屋の専門学校に進んだときはわくわくしたが、どこか満足しきれなかった。地元にくらべればずっと都会だが、実家から通えるだけに、離れきれない気がしていた。早い終電に駆け込むたび、つまらない自分に引き戻されてしまう。そこではどうしても、付近の田舎から来た人で終わってしまうように思えたのだ。

就職し、はじめて上京したときには、男女問わずステキな人がたくさんいることにときめいた。自分もそんなふうになりたいと思い、努力してきたつもりだ。

もちろん外見だけじゃなく、中身も磨こうと思っている。他人をねたんだりひがんだりしない。恋愛だってスマートにしたい。

なのに、マナミに苛立《いらだ》って、いやな感情でいっぱいになってしまっている。

「じゃあ、地元に彼氏がいるわけじゃないんだ？」

「えっ、まさか、いませんよ」

あわてて否定しながら、これじゃあもてないって言ってるみたいだとまた落ち込む。

「小峰さん、落ち着いた雰囲気だから、年上のできる彼氏がいるんじゃないかって噂《うわさ》だよ」

うまいなあ、と紬は思う。うまく持ち上げてくれるから、彼と話していると心地がいい。女性にもてるのも当然だし、誰にでもやさしい彼だ、マナミにだけとくべつだなんてことがあるはずがない。

「今は仕事が楽しくて」

そして紬はふと思う。こうして藤井とふたりで話しているところを、マナミに見せつけてやりたい。そうしたら、少しくらいは溜飲《りゅういん》が下がるのではないか。

「……でも、うまくいくことばかりじゃないですけどね」

自分でも驚いたことに、紬はわざと落ち込んだ態度を見せていた。

「いつでも相談に乗るよ」

やさしい先輩だから、こう言ってくれるのはわかっていた。いつもなら、リップサービスと受け止め、お礼を言って終わるところだけれど、今日の紬にはマナミへの対抗意識がある。

「もし……よかったら、今日、時間ありますか？」

ああ、自分がこんなどす黒い人間だったなんて。ううん、あちらが敵意を向けてくるのだ。戦って何が悪いの？

どうかしている紬に、藤井は気軽に微笑《ほほえ》んでくれた。

「うん、いいよ」


会社帰りとはいえ、藤井とふたりで飲むのははじめてだった。彼は会社で話すときと変わらない雰囲気で、紬はずいぶん愚痴を言ってしまったかもしれない。もちろんマナミの悪口は言っていない。そういうことは、女どうしならともかく、男性に言っても理解してもらえないと自覚している。企画がかぶって没になったことを、くやしいとだけ話すと、まだ締めきりには時間があると慰めてくれたし、いっしょにアイディアも考えてくれた。

　人のアイディアをもらうつもりはないけれど、もういちど一から考えてみようという元気もわいてくる。マナミへの当てつけのつもりだったのが、むしろすっきりして、紬は藤井と楽しい時間を過ごしたのだった。

「小峰さん、今度は僕から誘ってもいい？」

　マンションの前まで送ってくれた藤井はそう言った。思いがけなくて戸惑った紬は、立ち止まったまますぐに返事ができなかった。

「あ、ずうずうしいよな。ごめん。ただ僕、ずっと前から小峰さんを見てて……」

　彼がそこまで言ったとき、誰かが紬を呼んだ。通りをはさんだ向こう側のコンビニから、女の人が駆け出してきて、紬に向かって手を振っている。

「紬い！　遅かったなあ。だいぶ待ったんやでえ」

　小走りになって、一方通行の道を渡ってくる。

「お母さん……」

　突然母が現れて、紬はびっくりした。走りかた、ふっくらした体形やしわの目立つ顔、背中に垂らした白髪交じりの三つ編みや、時代遅れもはなはだしいウールのコートにプラスチックのブローチ、マフラー代わりのタオルにパッチワークの帽子、記憶にあるままの母だ。

行方のわからなくなっていた母が、帰ってきた。

「……無事だったのね？」

そうつぶやいたものの、間近で街灯に照らし出された母の顔は、妙に面変わりして見えた。数年ぶりだとはいえ、……なんだか、違う。目がふさがってしまうほどに細めて笑う表情も母のものだけれど、どこか違う。別人が母のモノマネをしているかのように見えてしかたがない。でも、その人は紬のことを知っている。強い違和感と混乱が紬を襲う。

「お母さん？　小峰さんの？」

藤井は、紬のつぶやきが聞こえたらしくそう言った。紬が何か言おうとするよりも先に、母が、いや、その女が口を開いた。

「あれ、そちらさんは？」

「はじめまして。小峰さんの同僚で、藤井と申します」

当然だが、藤井は信じ切っている。

「それはそれは、いつも娘がお世話になりまして」

深々と女が頭を下げる。ちょっと待って。紬は言いたいのに声が出ない。何が起こっているのかさっぱり理解できないのだ。

「連絡せんと来てしもたもんで、すいません、おじゃましましたねえ」

「いえ、僕はもう失礼します」

ああ帰ってしまう。さっき何か言いかけていたのに、と気になるが、引き止められる状況じゃない。

「藤井さん……」

「また会社で」

送ってくれたお礼を言うので精一杯だった。それにしたって、こんなときに母を名乗ってじゃまをするこの人は何なのか。いや、本当に母なのか。だって、当人が母だと言っているではないか。紬は、年輩の女を確かめるようにじっと見た。

「疲れたわあ、はよ部屋へ入ろや」

なんて言う彼女は、口調も声も母とそっくりだが、紬の中の違和感は消えない。

「……本当にお母さん？」

「なにゆうとるん、忘れたん？」

「だって、わたしの母は……」

「あのう、あなたが娘さんじゃないんですか？」

コンビニから出てきた男が、紬と女の前に進み出た。ぼさぼさ頭に黒縁メガネ、ナップサックを背負った男は、紬の目にはひどくおじさんくさい格好に映ったが、たぶん三十そこそこくらいだ。藤井と同じくらい、とは思えない。

いや、知らない男の服装なんかどうでもいい。それよりこの、母のようなそうでないような女のことだ。

「あたしの娘、三女の紬や。東京まで連れてきてくれてありがとうな、柳川《やながわ》さん」

母でないなら彼女は、徹底的に母のふりを続けようとしている危ない人だ。おまけに、この男が連れてきたらしい。紬は彼に歩み寄り、声を落とした。

「あなた、この人の知り合いですか？　この人誰なんです？」

彼は困ったように頭をかいた。

「知り合いではないです。小峰文子《ふみこ》さん、と名乗られましたが」

「母の名です。でもこの人は……」

今朝夢に出てきた母とは、どうしてもぴったりと重ならずに、無理やりはめ込んだパズルのピースみたいに隙間ができる。

「僕はただ頼まれて、ここの住所へ小峰さんを案内したんです。娘さんに会わなきゃいけないのに、ひとりでは東京まで行けないっておっしゃるんで」

「いったい、どこから連れてきたんですか？」

「鈴鹿《すずか》の山中です」

それを聞いて、どきりとした。紬の実家は鈴鹿山脈の北側、員弁《いなべ》の山あいにある。母がいなくなったとき、山に入って何かあったのではと捜索もされた。

「仕事でそちらへ行っていて、道に迷っていたところを助けていただいたんです。それに、僕も東京へ帰るところだったから」

「こんなおばあさんの言うことを鵜呑みにして、東京まで連れてきます？」

どうしていいかわからない紬は、連れてきたという彼を責めたくなっていたのだろう。つい声を大きくしてしまう。

「でも、そんなにおばあさんでもないでしょう？　しっかりしていらっしゃるし」

母は六十四歳のはずだ。この女性もそれくらいの年齢だろうか。紬には姉がふたりいるが、歳《とし》が離れているため、子供のころから友達の母親と自分の母との年齢差が気になっていた。母を祖母に間違えられて恥ずかしい思いもした。

それに母は、いまどきの六十代にくらべて年老いて見えるだろう。農業で日焼けをし、着飾ることもなく、髪は見るからに脂っ気がない。手だって、一年中がさがさだった。

「あたし、変わってしもたやんなあ。紬がわからんのもしょうがないわ。でも中身はお母さんや。面変わりしたんは山姥になったせいなんや」

その女性は、また奇怪なことを言い出した。

「山から出られなくなっていたそうですよ。山姥になったので、外から来た人についていかないと東京へは行けないとのことで」

柳川という男も変だ。

「わたしの母は、一年半前に行方不明に」

だからこの人ではあり得ないと言いたかったのだが。

「とすると、神隠しのようなものですかね」

などと言う彼は、話をますます飛躍させた。

「それとも、狐《きつね》にだまされた人は、同じ場所をぐるぐる歩かされて、誰かがそこから連れ出してくれるまで出られない、なんて言い伝えが各地にありますでしょう?」

「そんなの迷信じゃないですか」

「紬、信じてくれやんの?」

「だって、神隠しだなんて」

「神隠しちゃうよ。あたし、山姥になったたん。柳川さんは信じてくれたのに」

紬はますます混乱しながらも、柳川を見て眉間にしわを寄せていた。

「大の大人が信じることですかっ?」

彼はいたって冷静な顔をしていた。おだやかなその声は、おもしろがっているわけでもからかっているわけでもなく、真摯に聞こえた。

「何か事情がありそうじゃないですか。こうして彼女があなたに会いに来たことと、お母さんが行方不明になったことは、無関係ではないのかもしれません」

「そうや紬、どうしても会いたかったんや」

「話を聞いてあげてはどうですか?」

母、だという女は、子供みたいに紬の手を握っている。見捨てないでという顔だ。紬が上京するとき、こんなふうに母は手を握って、淋《さび》しそうにこちらをじっと見た。すぐに笑って、「元気でな」と手を離したが、故郷を離れたくてしかたがなかった紬の気持ちを知っていたのだろう。

父も祖母もすでに亡く、姉たちも家を去り、ひとりだけになった母を切り離そうとしていた娘の気持ちを。

「じゃあ、僕はこれで」

紬が反論する気を失ったタイミングで、柳川はそう言ってきびすを返した。

「紬、ごめんな。突然来て」

手を離した女は、うつむきがちに言う。肩から斜めに掛けた大きなカバンには見覚えがある。パッチワークキルトの、母の手作りだ。大きくてたくさん入るし丈夫だからと、よく使っていた。それがふくらむほどものを入れるから、いつも、カバンが歩いているように見えてしまって滑稽だった。

今も、カバンは大きくふくらんでいる。太り気味の体に、重そうにまとわりついたカバンは、はぎれの寄せ集めだ。破れたらまたそこにはぎれを縫いつける。いかにも貧乏くさくて紬は嫌いだ。

それに、コートにつけたブローチは、ソフトクリームの形をしている。昔紬が買ったものだ。百円ショップで買って、母の日にプレゼントした。

どうして母のものを、この人が持っているのだろう。母にもらった？　それとも家から盗んだ？　いずれにしろ、この人は母を知っている。名前も、娘の住所も、母のしぐさや表情さえも。

一年半前に母が行方不明になったことも知っている。

それとも、やっぱり本当に母なのだろうか。

「とりあえず、中へ入ろ」

紬がそう言うと、彼女はまた、糸のように目を細めて笑った。

＊

彼女のカバンの中には、予想どおりというか、パッチワークの作品がいろいろと入っていた。

「あんたたちのために作ったん、好きなんあげるよ」

が、正直いらないものばかりだった。パッチワークの帽子にベスト、トートバッグ、ひざ掛け、ティッシュカバー。とにかく、北欧風のファブリックでまとめた紬の部屋には合わない。紬は言葉をにごすにとどめたが、彼女は紬だけでなく、長女の絹代《きぬよ》と次女の麻弥《まや》にも会うつもりらしかった。連絡してくれと言われたが、ふだんはまったくつながりのない三姉妹だ。それも本当に母が現れたわけではないのに、姉たちを呼び出す気にはなれず、曖昧に頷《うなず》いておいた。

考えてみれば、紬と母との関係は、姉たちと母ほどには悪くなかった。姉たちは、母に愛されなかったと感じているようだが、紬は少なくとも愛されていた。それが重荷だったのはたしかだけれど、音信不通の姉たちにくらべ、もっとも近年の、といっても数年前だが、母を知っているのは紬だろう。

結局その人は、自分が小峰文子だと主張し続け、山姥になったので人里には住めなくなったのだと言うばかりで、紬が納得できるような話は聞けないままだった。疲れたのか、紬のベッドですぐに寝入ってしまい、紬は床で寝る羽目になった。

翌朝は、妙な音で目が覚めた。

シャコシャコ……と聞こえてくるのは何の音？　不審に思い、紬は予備の毛布から顔を出す。キッチンに母が立っている。いや、母ではない、山姥だ。いやいや、そんなわけがない。

寝起きの頭は混乱するばかりだ。後ろ姿は母に似すぎていたし、彼女が包丁を研いでいる音だと気づくと、山姥という言葉がふくれあがる。

「な、何してんの！」

思わず声をあげると、女が振り返った。鬼の形相ではなかったことにほっとするが、やはり母の顔というには微妙に違うような気がする。同時になぜ他人を自宅に泊めなければならないのかと理不尽な気持ちでいっぱいになった。

「ああ紬、起きたん？　あんたの包丁切れへんなあ。ちゃんと料理しとんの？」

いちおうは自炊している。何かの景品で砥石《といし》をもらったが、使い方がよくわからなくてしまいこんでいたのを思い出した。

そういえば母は、包丁も鎌も自分で研いでいた。だからなのか後ろ姿は、まったく母に見えてしまう。

「ごはんにしよか。おみおつけ作ったで」

ガラスのテーブルに、彼女は食器を並べた。紬のぶんだけだ。

「あなたは、食べないの？」

遠慮しているのだろうかと思ったが。

「おなかすいてないんさ。昨日のお昼にイノシシ一匹よばれたしなあ。あれ、腹持ちええよ」

「……イノシシ？」

「よう太っとった」

紬は聞かなかったことにした。

卵かけごはんとみそ汁だけの朝食は、子供のころから慣れ親しんだものだった。このごろ朝はパンばかりだったから、とても懐かしい味がした。

不思議と、みそ汁が母の味だった。冷蔵庫に常備しているのはスーパーで買えるありふれたみそだが、紬自身、実家でも使っていたメーカーのものをなんとなく買っている。しかし出汁《だし》の取り方のせいか、おいしく感じたことがない。なのに今朝のみそ汁は、紛れもなく母の味だ。

おいしい、とつぶやいてしまいそうになるのを、あわてて飲み込む。

テーブルをはさんで向かい合っている女は、ふたりぶんのお茶を淹《い》れる。ひとつを両手でそっと持って、味わうように飲む。やはり母と同じだ。

「それにしても、せまい部屋やなあ」

「都会は家賃が高いの」

「まあしょうがないわ、予備の布団買おか」

「ちょっと、いつまでここにいるつもり？」

「桜が咲くまでかなあ」

母は、いやその女は窓の外に目を向ける。もうじき三月だとはいえ、二階からちらりと見える樹木は葉を落としたままだった。

「あんた、ずっと前にゆうたやろ？　上野《うえの》の桜がきれいやって。いっしょに行こうってなあ」

就職してすぐの年、電話で話しながらついそう言った。おぼえているのは、自分の中でなかったことにしたからだ。

母を連れて東京を歩く。想像してみれば急にげんなりした。何より知り合いに会うのがいやだった。母だと紹介するのがいや。自分の、消したくても消えない垢抜《あかぬ》けなさを見せつけながら歩くようなものではないか。

今となっては、母は紬のコンプレックスそのものなのだ。

いくら洋服を着こなしても、化粧が上手になっても、昔から自分は母親似だと言われてきた。少しでも太ったら、髪型やファッションを間違えたら、そっくりになってしまう。

自分から言ったことなのに、その後春がめぐってきても、桜のことはもう口には出さなかった。

なのに、どうしてこの人は知っているのだろう。本当に母なのだろうか。いや、そんなはずは……。

それにしたって昨日は、藤井に母を見られてしまった。母ではないが、彼はそう思い込んでいるのだから、紬を見る目が変わったかもしれない、なんて、マナミへの当てつけで誘ったのに、好意を期待している。いやな女だ。

「なあ紬、お母さんのこと、怖いと思う？」

　黙り込んだ紬に、そんなことを言う。

「あんた、山姥の話すると怖がったもんなあ。あたしも子供のころからずっと、山姥は怖いもんやと思とったけど、自分がそうなると、こんなもんかって感じなんさ。そんなにこれまでの自分と変わらんけど、もう以前とはちがうんやってわかる。でもな、山姥は怖いだけじゃないんよ。奇跡を起こしてくれることもあるんや。古い布をだいじにする女にはな」

　そうして、かたわらに置いたパッチワークのカバンを撫《な》でた。

「なんで山姥になったの？」

「境界を越えたもんでな。人の世と、あちら側との境界。案外すぐそこにあるもんなんや。あたしはずっと、境界を歩いとった。ゆっくりと、少しずつ山姥になってたんやろうなあ。いずれ人の心地を忘れてしもたら、あんたらのこともわからんようになるかもしれん。その前に、東京へ来たかったんよ」

　突然いなくなった母が、山姥になって戻ってきたのは、娘たちとの別れのため？　もしも本当にそうだったら。

「それに、渡したいものがあったもんでな」

「何？　渡したいものって」

「もちろんパッチワークや。山姥のお守りやで」

彼女のゆるく開いた口元に、ちらりと八重歯がのぞいていた。あんな八重歯なんてあったろうか。思い出せない。

山姥になったから、キバが生えた？　だから顔の印象が変わったように感じるのだとしたら……。

いきなり現れた見知らぬ人を、母だと信じそうになるのもどうかというのに、母が山姥になっただなんて、もうどうかしている。

「そや、柳川さんにお礼せんとな。紬、なんか買《こ》うて持ってってくれへん？」

ゆっくりとお茶を飲み、彼女はカバンのポケットから、千円札を三枚と名刺を出した。

「名刺くれたん。あの人、古本屋さんしてみえるんやて」

古書泉風堂《せんふうどう》、柳川漣太《れんた》、と書いてあった。住所は神田《かんだ》の古書店街だ。今日は土曜日で会社が休みだし、行ってみてもいいだろう。なんて考えた紬は、母に親切にしてもらったお礼をすることに違和感を持っていないことに気づいていなかった。

ただふと、くしゃくしゃの千円札に思う。このお金、木の葉になったりしないだろうか。

それは狐か狸《たぬき》の話か。

菓子折を持って、紬は千駄木《せんだぎ》のマンションを出ると千代田線《ちよだせん》に乗った。母ではない他人を家にひとり置いておくことも、ふつうなら気がかりになるはずだが、不思議と気にならなかった。母ではない、と理性では感じていても、母だったらいいのにと、どこかで思っているのだろうか。母が、どこかで事故や事件に巻き込まれて死んでしまったのでなければいい。山姥になってしまったのだとしても、生きていてくれるなら。そうして、いつか話したように桜を見に連れていってあげられるなら、母に似た別人でもいい。いつかの間、母だと信じたい。

だから紬は、柳川に菓子折を持参する。そうしていると、マンションで待っているのは本当に母であるように思えるのだ。

古書店は、見つけるのに苦労した。ビルの二階、しかもいちばん奥まった一室にたどりついたのは、ずいぶん迷ってからだ。ガラスのドアに、〝古書泉風堂〟の文字を確かめ、中へ足を踏み入れると、ぎっしり詰まった本棚が立ちはだかる。〝民俗学、文化人類学専門書、多数有ります〟と書かれた気づきにくい張り紙を見るともなく眺め、店の人をさがそうと奥へ進むのもひと苦労だ。

ようやく見つけたカウンターらしい空間に、積み上げられた本に隠れるようにひそんでいる人影がある。近づいていって、紬は声をかけた。

「あの」

驚いたように顔を上げたのは、小柄な女性だ。ノーメイクにまっ黒な髪をふたつにわけて結んでいたため、高校生のようにも見えたがたぶん大人だろう。

「柳川さんはいらっしゃいますか？」

「えっと、ええ、はい」

紬の、アイボリーのトレンチコートをめずらしそうに見る。それからコットンパールのイヤーカフをじっと見て、やっと我に返ったように背後のドアに向かって声をかけた。

「柳川さーん、お客さんです！」

やや待って、奥のドアが開く。昨日と同じ、ぼさぼさ頭に黒縁メガネの男が顔を出す。毛玉だらけの分厚いニットを、タックの入ったパンツにインするのはありなのか。古本屋という職業は、昭和じみた格好でなければならないのだろうか。

「こんにちは。昨日はどうも失礼しました」

挨拶する紬に、誰なのかとしばし悩んだようだったが、説明しようとする前に、彼は「ああ」とつぶやいた。

「昨日の。小峰さん、でしたっけ」

「その節は母がお世話になりました」

「やっぱりお母さんでしたか」

「いえ、それは……ちがうと思います。でもとりあえずお礼に。母がそう言うので」

「お母さんが？」

「いえ、母に似た人が」

なんだかもうややこしい。

紬が菓子折を差し出すのを、店の女性が不思議そうに見ていた。

「お気遣いすみません。そもそも、あなたにはご迷惑だったでしょうに。押し付けるように帰ってきてしまって、少し気になっていたんです」

もしかしたらこの人は、こちらの立場もわかってくれるのではないか。紬はなんだか彼を頼りたくなっていた。

「じつはわたし、あの人の言うことをどうとらえていいのかわからないんです。信じられる話じゃないのに、信じそうになっていて……」

ああそうだ。ここへ来たのは、お礼を言うためじゃない。誰かにこの妙なできごとを話したかったのだ。頭ごなしに笑わない人に。

柳川は昨日、神隠しだの山姥だの、笑わずに話していた。そのことが頭にあったのだろう。

「季名子《きなこ》さん、お昼、よかったら先に出てください」

話が長くなりそうだと思ったのか、彼は店番の女性にそう言った。

「はーい、じゃあそうさせていただきますね」

女性は店を出ていく。柳川は木製のまるい椅子をカウンターのそばへ引きずった。

「まあどうぞ」

腰掛け、カウンター越しに彼と向かい合う。

「あの、柳川さんは、あの人が本当のことを言っていると思いますか？」

「山姥になったというところですか？」

「そういうのって、おとぎ話じゃないんですか？　現実にあるわけないですよね」

「たしかに、伝説上の存在ですからね。妖怪、あるいは山の神、ここにもたくさん文献がありますよ。貸しましょうか？」

手近な山から一冊抜きだし、手渡されたものの、読む気にはなれなかった。知りたいことはそこにはないだろう。

「人が山姥になることなんてあるんですか？」

紬は問う。民俗学などの専門書を扱う古書店の主人なら、そういうことにも詳しいのだろうかと思いながら。

「そうですねえ」

彼は腕を組んで考え込んだ。

「伝説上での山姥は、醜く年老いた老婆というだけでなく、様々なイメージで語られています。若く美しい場合もあるし、恐ろしい存在とも限りません。人に危害を加えることもあれば、とくべつな幸運を授けることもありますし、人には手も足も出ないかというと、人によって追い払われることもあります。おそらくは、手つかずの自然そのものへの畏怖から生じた伝説でもあり、そこに付加された女性性は、出産などを神秘とも穢《けが》れとも考えた人間社会を反映したものではないでしょうか。山姥がお産をしたり、お産を助けたりという伝説も少なくありません。一方で女性の、男社会の中で受け入れられなかった部分、男を惑わせ手玉に取ったりと自由奔放な部分も、恐ろしい山姥としてそのイメージに投影されてきたようでして……」

一気に言われて、紬は正直飲み込めなかった。

「あ、すみません、つい語ってしまいました」

我に返ったようにぼさぼさ頭をかく。

「ただ、小峰文子さんが……、いえ、あの女性が山姥になったと言ったことは、うそとか作り話というものではないと、僕は思いました。ああいえ、その、もちろん比喩的な意味で」

驚いた顔をする紬に、あわてて付け足す彼は、根っから生真面目な人なのだろう。そう、お年寄りに頼まれたからって、東京まで連れてきてしまうのだから。

「比喩、ですか？」

「たとえば、『あの人は鬼だ』と言ったところで、その人が伝説上の鬼であるという意味ではないですよね？」

「じゃあ、山姥みたいな人間になったということですか？　それって、どういう意味なんでしょう？　醜い老婆になった？　山の神さまみたいになった？……そういえばあの人は、境界を越えたと言ってました。人の世とあちら側との境界だとか」

まるで死者のようだ。もちろん母に似た彼女は死者ではない。では母は？

「昔の暮らしには、山と人里とのたしかな境界があった、山姥伝説にはそのことが背景として存在します。容易に人が近づいてはいけない、神やあやかしの領域は、自然の色濃い場所にありました。お母さんは、何か意図があって人里を離れた山奥に暮らしていた、なんてことはないでしょうか」

「ますますわけがわかりません」

「ですよね。すみません、また語ってしまいました」

もうしわけなさそうにするが、疑問をぶつけているのは紬のほうなのだ。一生懸命、彼は紬の問題について考えてくれている。物好きな人だ。それとも、紬のもとまで連れてきたことに責任を感じているのだろうか。

「本当のお母さんのことは、何か知っていそうでしたか？」

「それが、自分が母だと言うばかりで」

不思議と、母と語りあった雑談や、紬の幼いころのことまで知っている。母が話したのかもしれないけれど、母の身近にいた人ではない。

そもそも母の知り合いだったとして、雰囲気やしぐさ、表情まで似せることなんてできるだろうか。できたとしても、何のためにそうまでするのかわからない。

「まるで、母が別人の体を乗っ取っているかのようです」

「そういえば、老婆の皮をかぶって別人になるという昔話があります。若い娘が、山姥にもらった老婆の皮をかぶることで災難を避けることができ、やがて幸運にも長者の息子と結婚をすることになる。そういう話ですが……」

この人は、実のところ親切というよりただの民話マニアかもしれない。

「皮ですか？」

気味悪く思ったのがあきらかに顔に出てしまった紬を見て、彼は言い直した。

「いや、まあ、外見はともかく、中身がお母さんだと思うなら、そのように接してはいかがでしょう」

そろそろ面倒になって突き放されたか？ と思ったが。

「あなたが引っかかっているのは、顔だけの違和感ですか？ だとしたらたとえばですが、あなたがお母さんの顔をうまく認識できていないとか」

今度は民話ではない話を切り出す。

「え、まさか。母ですよ？」

「顔をおぼえられない人がいるのはご存じですか？　相貌失認《そうぼうしつにん》というそうですが、そういう場合は背格好やしぐさなどで見分けているそうです。子供のころからあなたにとってのお母さんは、身近にいるだけに、顔よりも背格好や動作や、独特のしぐさで記憶する存在だったかもしれません。しばらく会わない間に顔のイメージが薄れ、あるいは変化してしまって、違った顔に見えているだけかもしれませんよ」

そう言われると、母の顔をよく見ることがあったか疑問だ。祖母かと間違えられる母の、老けた顔をあまり見たくはなかった。母似だと言われるのもいやだった。母に話しかけられると、そっぽを向いたまま返事をしていた。そもそも身内には愛想よくする必要もない。思春期の少女にとって、小うるさい家族にはそういう態度がふつうだと思っていた。

「お姉さんがいらっしゃるんですよね？　三姉妹だとお母さんがおっしゃってましたから。お姉さんにはどう見えるか、訊《たず》ねてみてはいかがです？」

姉たちのほうが長いこと母に会っていない。ちょっと似ていれば間違って母だと思い込んでも不思議はないから信用できない。

けれども紬は、あの人が母ではないという自信がゆらぎはじめていた。もういちどよく見れば、母に見えるのではないか。そんな気がしてくるのだ。

もし本当に母だったら、紬はずいぶん冷たくしてしまった。行方不明になっていた事情だって話したくて来たのだろうに。

「そうですね……。すみません、おじゃましてしまって」

紬が立ち上がると、柳川も急いで立ち上がった。

「いえ。僕が連れてきたわけですし、山姥のことを知りたければいつでもどうぞ」

ありがたく受け止め、礼を言って、店を出た。

＊

結局のところ、母かそうでないのか、よくわからないままだった。しかしその存在を、紬は母というしかない。母でないなら何なのか。ほかのどんな言葉も思いつかないからだ。

違和感はあるが、思い出話を持ち出してみても大きな齟齬《そご》はない。もちろん、「そんなことあったかいな?」と言われて終わる思い出もあるが、父が亡くなったときのこと、下の姉が祖母と大喧嘩《おおげんか》して家出をしたこと、上の姉の結婚式のこと、そして祖母が亡くなったこと、大きなできごとについては、彼女の話は紬の記憶と一致していた。

一方で、あきらかに母とは違っているところもある。

古書泉風堂から戻ったところ、ワンルームの視界を占領するように、一組の布団が鎮座していた。さっそく買ってきたと言うのだ。それも、巣鴨《すがも》まで行って買ったらしい。

「有名なとげぬき地蔵さんへ行ってみたかったんよ」

地理もよくわからないのに、ひとりで行けるとは思えない。万が一行けたとしても、重い布団をどうやって持ち帰ったのか。問うと、山姥は怪力だから、かついで電車に乗った、などと答えた。

それに、分厚い霜降り肉を買ってきて、血が滴るようなレアで平らげた。炊飯器いっぱいのごはんも消えた。

母はそれほど食べるほうではなかったはずだ。

お金があったのかと問うと、パッチワークの巾着に詰め込まれたものを見せてくれた。お札は一枚ずつ小さく折り畳まれていて、いったいいくらあるのかよくわからなかったが、母がいなくなったとき家には、残高のわずかな預金通帳しか残っていなかったことを思うと、ヘソクリなどのタンス預金があったのだろうか。それを持ってきたのかもしれない。

もちろん、彼女が本当に母ならばだが。

ねえもし布団を一組買ったとして、どうやって持ち帰る？　週が明けて出勤し、凜子にそれとなく訊ねてみたところ、答えはあっけなく得られた。

「タクシーを使うでしょ。頼めば運転手が積みおろししてくれるんじゃない？」

なるほど、年輩の客ならなおさら、親切な運転手がサービスをしてくれたかもしれない。けっして母が怪力になったのではない。

ほっとしながら、トートバッグから手帳を取り出し、何気なくバッグの中を覗《のぞ》くと、見慣れないものが入っていた。

パッチワークに包まれたもの、どうやら弁当箱だ。

「紬、お弁当？　めずらしいじゃない」

視界に入ったのか凜子が言った。母が入れたに違いないが、ありがたいより恥ずかしい気持ちが先に立つ。立派な大人になって、母にお弁当を作ってもらったなんてどうだろう。

「え、うん、まあね」

紬は急いでバッグを閉じる。

「自分で作ったの？　キャラ弁とか？」

「まさか、ふつうのお弁当だよ」

凜子はそれ以上追及してこなかったが、母のお弁当にはよい思い出がなかった。たいてい干物が丸ごと入っているからだ。彩りとか食べやすさとか、紬の好物とかはまったく考慮されなかった。

同僚に、干物を丸かじりしている自分は見られたくない。ババくさいお弁当も見られたくない。かといって食べ物を捨てるのは抵抗がある。

昼休みには、そそくさとデスクを離れ、人のいない会議室で食べることにした。弁当箱は自宅にあったタッパーだが、パッチワークの包みは、紬が高校生のとき毎日持たされていたものだった。母が縫ったパッチワークは、けっして上手なものではない。パターンはゆがんでいるし、並べ方もバラバラ、色にも統一感がない、あまりにも素人くさいパッチワークだ。

高校生になった紬が、お弁当を持参しなければならなくなったとき、母が農作業の合間に縫ってくれたものだ。

とはいえありがたいとは思わなかった。ただの、ぼろ布の寄せ集めだ。おしゃれなハンカチなんていくらでも売っているし、たいして高価なものじゃない。なのになぜ、手間ひまかけてはぎれをつなぐのか。そうしたところで貧乏くさいだけ。友達の、おしゃれなお弁当包みを横目に、紬は恥ずかしい思いをするだけだった。

しばらくして、ローラアシュレイのナプキンをお小遣いで買い、パッチワークは、なくしたと言ってタンスかどこかの奥につっこんだような記憶がある。何かのひょうしに見つけた母が、そっと取っておいたのだろう。

鰯《いわし》の丸干しは、久しぶりだからかおいしく感じた。たくあんも、たまり醬油《じょうゆ》を入れるせいか煮染《にし》めたように茶色い卵焼きも、おいしかった。

胸の奥がじんじんする。故郷を出て、都会に馴染《なじ》んで、自分はずっと幸せになったと信じているのに、なぜ質素なお弁当に心を動かされているのだろう。

給湯室でお弁当箱を洗った。きれいになると、ただのタッパーでしかなく、母のお弁当への感傷は消え去っていた。

「小峰さん、ランチ外じゃなかったんだ？」

給湯室の前を通りかかった藤井が、こちらを覗き込んでいた。

「あ、ええ。藤井さんは？　これから出るんですか？」

「いや、出先から戻ってきたところ。これからコンビニ弁当だよ」

そう言って、コンビニの袋を持ち上げて見せた。

「お疲れさまです」

体の向きを変えたときに、パッチワークのお弁当包みが落ちたようだった。

「雑巾が落ちたよ」

拾ってくれた藤井にそう言われ、恥ずかしくて顔から火が出そうだった。つぎはぎだらけの布なんて、雑巾に見えて当然だ。

「あ、これ、誰かの置き忘れみたい。お茶当番の人に訊いてみようと思って」

隠すようにポケットにねじ込む。

「ところでさ、小峰さん」

　藤井がすぐにパッチワークのことなど忘れてくれたのは幸いだった。

「この前、僕、小峰さんのお母さんに失礼でなかったかなあ。よく考えれば夜遅くまで連れまわしたみたいだったし」

「えっ、ちっとも！　送っていただいて、いい先輩のいる職場だと母も安心してました」

「そう？　小峰さんのご家族にはよく見られたいっていうか」

　藤井はそれだけ言うと、にっこり笑って立ち去ってしまったが、紬はしばしぼんやりとして、言葉の意味を考えていた。

　リップサービス？　それとも後輩以上に好意を持ってくれている？　もしそうなら、と考えるだけで、当たりくじを引き当てたかのように高揚した。藤井のような人に見初《みそ》められたなら、理想の自分に近づいている証拠だと思ったのだ。

　彼とおつきあいがしたいとか、好きだとかいう気持ちがあるのかどうか、紬はほとんど気にしていなかった。ずっと、自分に影響してきたかっこわるいものから離れたかった。その面影が、自分から消え去りつつあるなら、こんなにうれしいことはない。

　一方で、ポケットの中のパッチワークは、捨てたはずなのにまだここにある。いつまでもまとわりつくのではないかと思えてくる。

もういちど捨てようか。そう思いながら、くしゃくしゃにした布をじっと見る。

夏休みによく着ていたワンピース、色あせるまで何度も洗った母のエプロン、ここは父のネクタイで、これは祖母の割烹着《かっぽうぎ》。はぎれのひとつひとつが、かつていた人と場面を連れてくる。見覚えのある小さな柄が、紬の胸をいっぱいにする。

あわててまた、くしゃくしゃにしたままポケットにつっこむ。

給湯室を出たところで、廊下を通っていく一団の中にマナミの姿が見えて、紬は隠れるように立ち止まっていた。彼女がランチに持っていく小さなバッグは、まだブレイクする前にセレクトショップで紬が買ったのと同じものだ。

「え、マナミ、本当？　来シーズンの企画、デザイン部へ上げてもらえたって？」

どきりとして、紬は耳をそばだてる。

「すごいじゃない」

「何だっけ？　ボードゲームふう？」

ああ、やっぱりマナミだったんだ。落胆と同時にくやしさでいっぱいになる。もし自分が先に提出していたら。許せないと思えてくる。

「あれね、藤井さんにヒントをもらったの。悩んでたら、いっしょにいろいろ考えてくれて……」

はっとし、熱くなっていた胸の内が、急速に冷え切っていくのを感じていた。紬は急いできびすを返す。マナミたちとは反対方向に歩き出しながら、先週のことを思い出していた。藤井に相談を持ちかけ、新しい企画を彼がいっしょに考えてくれたことを。いろんなアイディアを出してくれた。断片的だけど、次々におもしろいことを考えつく。すごいなと思っていた。

紬は、藤井に企画のアイディアを話したことがあっただろうか。あるいは、作業中のパソコンをなんとなく見ながら、彼が話しかけてきたことは？

彼が言ったアイディアがすべて、誰かが会話でぽろりとこぼしたものだとしたら。

本当のことって何だろう。藤井は本当はどんな人なのか、マナミは本当に紬のまねをしていたのか、本当の母ってどんな母なのか、なんだかよくわからなくなってくる。

本当の自分は？　昔とは違う自分？

昔の、あのころの母や自分自身が、もしもあの山あいの家にいるのなら、帰りたいとふと思う。電車を乗り継いで、バスにゆられて、たどりつけるものならば。捨てるように出てきた家には、なぜかなくしたものすべて、今でも残っているような気がしていた。いつでも取りに行けると思っていた。

けれど母は、あの人は、パッチワークのお弁当包みを持って東京へ来た。紬にあげられるものは、もうこれしかないよと言うように。

ポケットの中のお弁当包み、これだけが、紬と故郷をつなぐもので、紬が捨てたものなのだ。いちどは捨てたから、母は、ほんの少し別人のようになってしまったのかもしれない。

もういちど捨てたら、きっともう二度と、取り戻せないのだろう。

2　男嫌い

行方不明だった母が突然上京し、妹のところへ来ている。報《しら》せを受けて、麻弥は驚くよりもあきれかえっていた。

いったい母はどういうつもりなのか。一年半も家を空けて、ご近所にも自分たちにも迷惑をかけたまま、何事もなかったかのように妹の、紬のところへ身を寄せているという。

麻弥がそれを知ったのは、留守電に残された紬のメッセージからだった。母に会ってくれないかとのことだったが、麻弥はまだ紬に連絡をしていない。

母が生きていたのならよろこぶべきことだろう。でももう、あきらめていたところでもある。それに、麻弥にとって母は、生きていてもいなくても、会う必要のない人だった。今もそれは変わらない。

小峰家の次女である麻弥は、十九歳のとき家を飛び出したきり、母には会っていない。あれから十七年、もうあの家とは縁を切ったつもりでいた。

それに、紬のことも姉妹とはいえよく知らない。家出をしたとき彼女はまだ八歳だったから、麻弥のことを慕ってくれてはいたが、その後はめったに会うことはなくなり、かろうじて携帯の番号だけは教えていたというくらいだった。

それでも紬が上京し、就職したときは会ってお祝いをした。八歳だった妹が、すっかり大人になっていて驚いたものだった。その次に会ったのは、母が行方不明との報せを受けて、十数年ぶりに実家へ帰ったときだ。そのときには、長女の絹代の顔も久しぶりに見たのだった。

三姉妹、みんなが東京で生活しているものの、会う機会はめったにない。それというのも、それぞれが母との関係や故郷にわだかまりを持っているからだ。

親も故郷もなく、最初からここに生えていたとばかりに根を張り茎をのばし、枯れるものかと踏ん張っているつもりだ。今さら母に会う意味なんてあるだろうか。

麻弥が勤めている倉庫会社の独身寮は、江東区《こうとうく》の住宅地にある。加えて目の前が児童公園なので、休日には子供たちのにぎやかな声が聞こえ、家族連れの遊ぶ姿が目にとまる。

麻弥は、結婚願望もなければ子供がほしいと思ったこともない。だから、休日にベランダから外を見ているのは、公園をうらやましげに眺めているわけではなく、タバコを吸うためだ。寮は、室内禁煙になっているのだからしかたがない。

なのに、口さがない同僚のおじさんたちは、そろそろひとりは淋《さび》しいだろうとか、子供だってほしいだろう、なんてセクハラまがいの発言をする。

しかしそんなふうに、麻弥を女だと考えている同僚は年々少なくなり、もはや少数派だ。後輩からは、むしろ兄貴と扱われている。

中学生のとき、おさげを切って短くした髪は、今もそのまま、それ以来のばしたことはない。女性っぽい服も持っていないし、アクセサリーのたぐいもない。

寮からは、バスに乗って十分ほどで会社に着く。通勤時間が短いことは、時間を有効に使えるのがいい。とにかく今は、仕事も職場も気に入っているし、寮は家賃が安いこともあって満足している。

このまま、今の自分のまま、ゆっくりと老いていければいいと思っている。煩《わずら》わしいことにはかかわりたくない。

自分に母がいたことは、もう記憶の彼方《かなた》にあって、思い出す必要もないだろう。

会社に着くと、麻弥は作業着に着替えた。もともとは事務員として入社したが、しだいに物品管理の仕事を任されるようになった。男性社員とともに、倉庫に堆《うずたか》く積まれた荷物のチェックをする。時には運搬も手伝うため、フォークリフトに乗ったりもする。

休憩時間は、会社の裏手にある喫煙所で過ごすのが常だ。社内には男性社員のほうが多いし、喫煙所も男ばかり。彼らの会話に馴染《なじ》んでしまうと、自分が女だと忘れそうになる。

久しぶりに友達と会うたび、会話がおじさんくさくなったと言われるほどだ。

そんな中、新しく入った女性事務員が喫煙所へ現れるようになり、それだけで場の雰囲気や会話内容が変わった。妹の紬と同い年の女性は、前の会社が業績悪化したために転職してきたということだった。

「小峰さん、あたしまたリバウンドしちゃいましたよ」

少々ふっくらしているが、かえって色っぽいくらいなのに、彼女はダイエットに精を出している。

「そんなに変わってないじゃん」

「三キロっすよ。せっかく麺類断ってたのに」

わずか数キログラムで痩せたの太ったのと一喜一憂するのがかわいい。

「小峰さん、細くていいですよね」

「あはは、Aカップだけどね」

このときは喫煙所に男はいなかったが、いても堂々と言っていただろう。

「いやいや、もうちょっとありますって」

「痩せるとムネ、しぼむよ」

「いいです、もう」

どことなく元ヤンの気配を漂わせている彼女は、あけすけなところがある。

「この前カレシと別れたんですよね」

「どうしたの」

「それがもう、聞いてくださいよ」

「うん、聞いてる」

煙が青い空に流れていく。自販機の商品見本はすっかり日に焼けて、くすんだラベルがもの悲しい。

「あいつ一人っ子だから、家を継ぐんだそうです。あたしも一人っ子で、家を継がなきゃいけないんだって言ったら、つきあい続けても無駄だと思ったみたい」

「お家《うち》は何をしてるの？」

「米屋です」

「ふうん、ちゃんと継ぐんだ。えらいなあ」

「そんなふうに刷り込まれてるんです。昔は地味な商売なんて儲《もう》からないし、やだなって思ってたけど、ＯＬだって儲からないし、いつまでも雇ってもらえるとは限らないし」

「まあそうだね」

女の一人っ子でも、家に留《とど》まる娘もいる。けれど小峰家は、三人いても誰もが家からそっぽを向いている。結局、あの家を嫌ったのは麻弥だけではなかったのだ。

それに麻弥は、祖母から嫌われていた。男勝りで少々乱暴なところがあったからだ。いっそ本物の男の子だったら跡継ぎにできたのにと祖母は言い、母が男の子を産まなかったことを、ことあるごとになじった。まだ幼かった麻弥は、母のためにもがんばれば男の子になれると考えていた。でも、走り回ったりケンカをしたり、乱暴な言葉を吐くほど母は困惑し、あきらかに麻弥よりも姉をかわいがるようになった。

どのみち、麻弥が成長するまでの数年間は、家の中がいちばんぎすぎすしていた時期だ。父は、バス会社でリストラにあい、都会へ出て仕事をしていたため家にいなかった。麻弥はそのころの、女ばかりの一家で膿《うみ》のごとくたまった呪詛《じゅそ》を背負わされていたようなものだ。

継ぐほどのものなどない、小さな貧しい家。田畑はあったがさほどのものではなく、祖母と母が少しばかりの米と野菜を作っていた。

祖母が男の跡継ぎにこだわったのは、息子である父の代わりがほしかったのだろう。父は、麻弥の祖母である母親の言いなりのままに生きてきたけれど、単身赴任中に女を作り、貢いで借金をし、祖母を泣かせたのだった。

「あ、小峰さん、そういうの使うんですね。かわいいポーチじゃないですか」

タバコ入れにしているポーチを、ベンチに放り出していた。男性社員が目をとめたことはないが、さすがに女の子は違う。

「これ？　友達の手作り」

パッチワークのポーチだ。無地布の同系色をつないであるので、パッチワークとはいえシンプルに見える。

「手作りかあ、器用なお友達ですね。自分でこうやって、イメージどおりのものが作れるっていいなあ。このサイズのポーチ、なかなかないんですよね」

「もうひとつあるからあげようか？　色違いでオレンジだけど」

「いいんですか？」

本当にうれしそうな顔をするから、麻弥もうれしかった。

「いいよ」


気分をよくしたまま、麻弥は社宅とは違う方向のバスに乗り、錦糸町《きんしちょう》の駅前で降りた。手芸用品店へ行って、キルトに使うフープを買う。壊してしまったので新しいのがほしかったのだ。ついでにと、いつものように生地を見てまわり、色柄の組み合わせをあれこれ考えているのは楽しいひとときだった。

麻弥の趣味はパッチワークだ。しかし、手芸が趣味だなんてなかなか人には言えない。自分のガラじゃないことはわかっている。

パッチワークを麻弥に教えたのは母だ。ふだんは落ち着きのない麻弥が、母のパッチワーク作業を見ているときだけはじっとしていたからか、針と糸を持たせた。

母のことは好きではない。母の、正直上手とはいえないパッチワークも好きではない。でも、パッチワークそのものは麻弥の心に寄り添った。本を見て学んだし、規則正しいパターンの組み合わせで、無限に美しいデザインが出来上がっていく。作業自体は難しくはなく、丁寧に縫っていきさえすればいい。

麻弥は退屈が嫌いだった。何もせずにじっとしているのは苦痛で、走り出したくなってしまう。何もしていないと、悪いものが自分の中に忍び込んでくるような気がしたのだ。それは、いつも家の中をもやもやと漂っていて、麻弥に悪意のある言葉をささやく。祖母が、母が、男の子ではない麻弥はいらないと言っていると。

だから時間をもてあましたときは、とにかく手を動かした。その一針に集中しさえすればいい、前後も、過去や未来も考えない。

そうしていると、麻弥は無心になれた。いやなことがぜんぶ、頭の中から出ていって、空っぽになる。空っぽの自分はまっさらで、小さなピースをつないでいくたびに思いどおりの色や柄に染まっていく。自分の好きな自分に。

でもその、かわいらしくも少女趣味なパッチワークの自分は、麻弥の心の中にだけあって、けっして誰にも見えないのだ。

作ったものは、以前は押入にしまい込んでいて、家出をするときに捨ててきた。今はすぐにネットで売ってしまう。自分で使うことはあまりないが、タバコ入れのポーチは、なんだか気に入って使っていた。

彼女がほしいと言ってくれたから、これから作ろうと思う。あのサイズなら、一晩もあればできるだろう。

手芸用品店を出て、食事でもしようと駅前を歩く。手頃な居酒屋で、料理とビールを注文する。間口が狭く、きたない暖簾《のれん》のかかったところがいい。店内はサラリーマンふうのオヤジがほとんどだ。スーツこそ着ていないが、麻弥は溶け込んでいるだろう。その証拠に、周囲の視線を感じることはない。イタリアンなんて行こうものなら、浮いてしまうに違いない。

食事をすませて通りを歩いていくと、向こうから数人の酔っぱらいがふらふらと歩いてくるのが見えた。狭い道いっぱいに広がっている。どこをどうすり抜けようとしても、誰かにぶつかってしまいそうだ。そう思ったとき、わざとらしくひとりがよろけたような体勢になり、麻弥にぐっと近づいてきた。

まるで偶然ぶつかったかのように、けれどその手が、ブルゾンの上から胸に強く押し当てられる。びっくりして立ち止まった麻弥から、そそくさと離れる男たちが、こそこそ言い合うのが聞こえてくる。

「女？　だろ？」

「よくわからん」

「貧乳？」

にやにやと笑っているのにますますむかつき、麻弥は声をあげた。

「ちょっと、何すんのよ！」

声を発したことで、女だとわかったらしい。彼らはますますおかしそうに笑い声を立てた。

「もったいぶるほどの女かよ」

吐き捨てて、笑いながら行ってしまう。麻弥は、その場に立ちつくすしかなかった。

さっきまではいい気分だったのに、すっかりめちゃくちゃにされてしまった。八つ当たりに電柱を足蹴にしても、足が痛いだけだった。結局、長いため息をひとつつく。それで理不尽なできごとをあきらめられるようになったのはいつからか。

子供のころは、叫び出したい気持ちをこらえるために、がむしゃらに走り回った。息が切れれば、声も出ない。苦しくて泣きそうだと、誰にも知られたくなかったからそうしていた。

あきらめられるようになった自分は、成長したのか干からびてしまったのかどちらだろう。

ただ、自分でもわかっている。本当は、自分は女だという強いこだわりがある。男っぽくなんかない。

だから、恋人ができてもうまくいかない。相手は、麻弥がほかの女性のように束縛しないと思っている。友達の延長でつきあいはじめるとなおさら、仲間みたいなノリで、ほかの女の子をやたらとほめても、浮気をしても許されると思っている。そうして麻弥は、何度も傷ついてきた。

ならなぜ、着ぐるみを着るように自分の姿を隠しているのだろう。子供のころからそうしていたから、ハダカでは歩けないのと同じなのだろうか。

どうにか気持ちを押し込め、歩き出したとき、スマホが鳴った。紬からだ。母が上京しているという話を思い出し、ますます憂鬱になったのに、どうして電話に出たのか。自分でもよくわからなかった。

通話ボタンを押したものの黙っていると、「麻弥ちゃん?」と心細げな声がした。麻弥が家を出るとき、同じように心細げに名を呼んだ小さな紬のことを思い出した。

「紬? 久しぶり」

「ねえ、話があるんだけど」

「お母さんのことでしょ。無事でよかったじゃない。それにしても、人騒がせだよ」

歳《とし》の離れた紬が生まれたときも、祖母は男の子ではなかったことに落胆したが、彼女は愛嬌《あいきょう》があってかわいかった。だからか祖母の愚痴は、結局麻弥に集中した。

「あのね、そのお母さんなんだけど、すごい食欲なの。それに、近所の野良猫が急に逃げ出したり、散歩中の犬とすれ違うとやたら吠《ほ》えられたり……。とにかくわたし、本当にお母さんかどうかよくわからないの」

なかば上の空で聞いていたが、最後に紬が言った奇妙な言葉には、さすがに我に返った。

「は？　わからないってどういうこと？」

「別人に見えるんだ。でも、どこがどう別人かって言うと、お母さんじゃないって否定するところが見つからないし。よく考えると、わたし、お母さんの顔をちゃんとおぼえてないのかも」

「ちょっと、大丈夫？」

「写真送るから、見てくれる？」

すぐに届いた写真を確認する。紬とふたりで写っている。記念にとでも言って撮ったのか。白髪が増えた母は、麻弥の記憶よりずいぶん歳をとってしまった。

「見たけど、写りが悪くない？」

「お母さん、動いちゃうんだもん」

「どこが別人に見えるの？　べつに違和感ないけど」

片手で口元を押さえているが、笑っている細い目は母だ。

「麻弥ちゃん、今どこ？　そっちへ行ってもいい？」

「えっ、お母さんも？」

「ううん、わたしだけ」

「……わかった」

居場所を告げ、通話を切った。就職した当時の紬はまだ垢抜《あかぬ》けなかったものの、写真では、すっかり都会の働く女といった雰囲気だ。手入れの行き届いたウェーブヘア、上手に化粧をして、流行のファッションに身を包んで、センスを磨きたいと言っていた彼女は、あこがれていたものに近づきつつあるのだろう。

長女の絹代も、あこがれていたものを手に入れ幸せに暮らしている。麻弥は、自分だけが何も持っていないように思えてくる。

でも、何を得たいというのだろうか。

＊

麻弥との電話を終え、紬が自宅のマンションへ入っていくと、ワンルームの窓辺で母は縫い針を動かしていた。外はもう暗いが、昼間窓辺で縫い物をするから、ずっとそこにいるのだろう。

「ただいま、お母さん」

結局、母と呼ぶことに違和感がなくなるのに、そう時間はかからなかった。だんだん、母の顔はこんなふうだったような気がしてくる。何年も会っていなかったのだから、記憶と違っていても無理はないと。

写真を見た麻弥も、母だと言っていた。母のように見えなかったのは、きっと自分の思い違いなのだ。

「おかえり、紬」

母は手を止めることなく言う。それも、子供のころと同じ風景だ。

「遅くなってごめん。晩ごはんは？」

「うん、さっき駅のほう行ってみて、牛丼よばれたん。おいしかったよ」

小柄な年寄りが大盛りを何杯も食べたとしたら、お店の人は驚いたことだろう。もっとも母は、毎回大量に食べるわけではなく、何も食べない日もある。もしかしたら、そういう病気なのだろうか。過食症とか拒食症とか、よく知らないけれどそうだとすると、山姥《やまんば》になったせいではない。

「わたし、またちょっと出かけるけど、いい？」

「ああええよ。適当にお風呂入って寝るわ」

母のカバンに、実家から消えていたはぎれの箱があるかどうか、それとなく確かめてみたが、なかった。今縫っているパッチワークのはぎれは、近くの商店街で買ってきたようだ。

あられの空き缶をどうしたのか、訊《き》いてみようかと思ったけれど、訊けなかったのはどうしてだろう。

「大福買ったから、好きなときに食べてね」

それを流しの脇に置いて、紬はまたマンションを出た。

錦糸町の駅を出て、目当てのコーヒー店へ入っていくと、麻弥がいるのはすぐに目についた。短い髪、迷彩柄のシャツも細めのジーンズも、たぶんメンズのSサイズだ。腕時計だってごつい男物だが、華奢《きやしや》な手首がかえって女っぽい。それに、麻弥はきれいだと紬は思う。三姉妹の中で、いちばん顔立ちが整っているのは彼女だろう。

すぐにこちらに気づき、麻弥は手元の手帳を閉じた。

「お待たせ、ごめんね急に」

「ううん、こっちが連絡返さなかったんだから」

カウンターでコーヒーを買い、すぐ紬も腰をおろす。そうして本題を切り出す。

「麻弥ちゃん、お母さんはみんなに会いたがってるんだけど」

「何のために？　そもそも、行方不明になってた理由や、何の用事で来たのか言ってたの？」

「山姥になったからって」

「は？」

「山姥になったから、人里に戻れなくなって、山で暮らしてたって言うの。でもまだ完全な山姥じゃないみたい。そうなったら、わたしたちのこと忘れるから、今のうちに渡したいものがあるんだって」

「山姥ねえ。お母さん、昔から山姥がどうとかよく言ってたよね。だからって、鈴鹿の山に山姥伝説なんてあった？　同級生の親はそんな話しないって言ってたのに」

「お母さんは、自分のおばあさんによく話を聞かされたって前に言ってたことあるよ。わたしたちのひいおばあさん？」

「じゃあ、お母さんの実家の、関《せき》のほうの話？　あっちは山の南端だから、わたしたちが住んでたあたりとは違う言い伝えがあるのかも」

「どうかな。ひいおばあさんの実家の地方の伝説かも」

古書店の柳川は、鈴鹿の山で母に会ったとき、昔話を調べに行っていたということだった。山姥にも詳しかったし、山があれば、山に棲《す》む妖怪話のひとつやふたつあるのだろう。たぶん、日本中どこにでも。

「どこ出身よ」

「そのひいおばあさんか、別の先祖かわからないけど、飛騨《ひだ》のほうって。関宿《せきじゆく》で働くために来て、そのあたりに住み着いた、とかじゃなかったかな」

東海道の宿場町、鈴鹿峠をひかえた関宿は、近江《おうみ》から京都へ向かうにも、伊勢《いせ》へ向かうにも重要な場所だったから、現在はともかく、昔は遠方から集まる人々でにぎわっていたのだろう。

「へえ、何かの商売?」

「さあ、ただ、ひいおばあさんは産婆だったらしいよ」

「産婆と山姥って関係あるの?」

「どっちもおばあさん?」

「産婆はおばあさんとは限らないよ。助産師さんだから」

「そっか。そういえば、山姥も老女とは限らないみたい。それに、出産と関係があるとか柳川さんが言ってた」

「誰それ」

「お母さんをわたしの家まで連れてきた人。山姥に詳しいみたい」

「ふうん」

麻弥は大きくため息をついて、コーヒーカップを口元へ運んだ。たぶん、山姥について議論するのは無意味だと気づいたのだろう。

「で、何?　渡したいものって」

現実的な話に切り替えることにしたらしい。

「パッチワークだって。いっぱい持ってたよ。わたしのはたぶんこれ。もらったっていうか、持たされたっていうか」

お弁当包みを取り出し、テーブルの上に広げる。

母は、はっきり言って器用ではない。一生懸命に作ったパッチワークは、縫い目もバラバラでパターンはいびつ、本当にぼろ布をつないだかのようだ。麻弥が不愉快そうな顔をするのも無理はない。

「わたしのぶんもあるの？　いらないって」

「でもここのはぎれ、縞模様《しまもよう》は麻弥ちゃんのパジャマじゃない？　家出するまで着てたの、おぼえてる」

「なにそれ、そんなぼろ布使ってるの？　最悪」

「それはともかくさ、いちど会ってよ。お母さんに間違いないかどうかも、ちゃんと顔を見て確認してほしいし」

「あなたのほうが最近のお母さんを知ってるじゃん。わたしはもう、十七年も会ってないんだよ」

「だけどわたし、思春期からずっと、お母さんの顔をよく見てなかった。友達のお母さんとくらべてしまって、恥ずかしい気がして見たくなかったから。だって、何から何まで田舎くさくて、参観日も卒業式も同じ黒のワンピース、喪服のあれよ。一着しかまともな服がないってどういうこと？　それに普段着はパッチワークかぺらぺらの安物ばっかり」

「わたしのときは着物だったたな。それ、いつのまにかなくなったから、売っちゃったのかもね」

もう子供ではないのだから、紬にだってわかっている。母には衣服にお金をかける余裕がなかった。

紬の記憶では、父は病気がちで、ほとんど働いていなかった。そうなる前に、借金を作って家族を窮地に追い込んだらしいことは、祖母の愚痴として何度も聞いていた。祖母はもともと質素で働き者できびしい人だったが、それを家族にも強いていた。

母が苦労をしたのはわかるし、けなしたいわけではないけれど、だからって尊敬できるわけではない。そんな人生を選んで、抜け出せなかったことに苛立《いらだ》つのだ。

父や祖母に尽くしすぎた。頼りないうえ自分勝手な父と抑圧的な祖母から、紬たち姉妹を守れなかったではないか。子供たちは、ただ家を嫌い反発するしかなかった。あそこには、捨ててしまいたいものしかない。少なくとも紬は、いまだにあの家から抜け出すためにもがき続けている。必死で自分を都会に馴染ませようとしているのだ。

「そうだ、絹ちゃんにも連絡してくれない？」

紬が言うと、麻弥は眉間にしわを寄せた。

「わたしが？」

「だって、わたしは絹ちゃんとは十五も離れてるんだよ。物心ついたころにはもう家にいなかったし、ほとんど接点ないもん」

「わたしだって、接点ないよ。もともと気が合わなかったし」

「え、そうなの？」

「玉の輿《たまこし》で幸せなお嫁さんになるのを夢見てた人だよ。勉強してそこそこの大学へ入ったのもそのため。わたしのことはとにかく見下してた。今だって、行き遅れで安月給の負け犬だと思ってるよ」

一年半前、母が行方不明との報せを受けて実家で会った長女の絹代は、ブランドものに身を包んでいた。姉というより、紬には遠い親戚の人みたいに感じられたが、近所の人の熱心な捜索にもかかわらず手がかりさえ見つからなかったことに、涙をこぼしたのは彼女だけだった。

紬も、母が事故に遭ったかもしれないとなればショックだったし悲しくもなったけれど、涙は出なかった。

自由になって夢を追いたかったとはいえ、そのために母を切り捨てた罪悪感がなかったわけではない。自分はひどい娘だ。わかっているからこそ、罪悪感に押しつぶされたくなくて、母がいなくなった事実を受け入れまいとした。

だから今も、受け入れられずにいて、母が母に見えないのだろうか。

「絹姉《きぬねえ》は、お母さんのことも見下してる。あのとき泣いたのだって、ご近所の目を意識した計算。泣くほど母親が心配なら、何年も家に寄りつかないってどう？」

紬は少し、母が哀れになった。自分よりもずっと、姉たちが母に冷たいことを実感してしまったからか。それでも母が会いたいと言うのだからしかたがない。

「とにかく、お姉ちゃんたちに会わないと、お母さん、家へ帰らないと思うの。わたしの部屋、ワンルームだし、長いこと泊まってもらうのも窮屈だろうし」

母をじゃまにするようでもうしわけないが、紬には紬の生活がある。桜が咲くまでとしても、まだしばらく先だ。姉たちにもできるなら分担してもらいたい。

「わたしのところは社員寮だから」

「絹ちゃんところは広いよね」

行ったことはないが、世田谷《せたがや》の高層分譲マンションだと聞いている。

麻弥も、母をきちんと帰らせるためにはこのまま知らんぷりをしているわけにはいかないと気づいたようだった。

「わかった、絹姉に話してみるよ」

*

藤井から紬に届いたメールは、週末の誘いだった。彼が自分に気があるのかどうか、紬はまだ半信半疑に受け止めていた。いや、そもそも自分が彼に近づいたのは、マナミから奪ってやるという不純な動機だった。このままだと、自分はすごくいやな女になってしまうのではないだろうか。

そもそも、彼が紬を好きだとしても、マナミがふられたとしても、企画は取り返せない。

むしろ気持ちを切り替えて、新しい企画に取り組むべきだ。そうしようとしてみるものの、藤井が言っていたものに少しでも似ていると、誰かのアイディアなのではないかと思えてくる。たとえ似ていなくても、本当に自分の中からわいてきたものかどうか、わからなくなっている。

経理へ書類を届けた帰り、紬は会議室の手前で聞こえてきた声に足を止めた。誰かが自分のことを話題にしていたからだ。

「小峰さんの……」

と言った声は藤井だ。

「お母さんを見かけたけど、ちょっと意外だったよ」

「何？　似てないとか」

「このごろ中高年もおしゃれじゃないか。なのにまだあんな人がいるんだなって。上着につぎあてがあったたし、首にタオル巻いてたし」

たしかにひどかった。が、あれが母の普段着だ。スーパーへ買い物でも、美容院へもあれで行く。

紬は顔から火が出そうに感じながらも、すぐにはそこから立ち去れないでいた。

「おまえの周囲が小ぎれいすぎるんじゃないか？」

「そうかもしれないけど、ちょっとカルチャーショック？」

「ふうん、小峰さんは仕事できるし、センスもいいのにな」

「でも女って、歳をとったら母親に似てくるっていわないか？」

「藤井、そんな心配してるってことは、結構本気なのか？」

硬直していた体をどうにか動かし、そっとその場を離れる。彼の気持ちを聞けたかもしれないのに、そんなことはどうでもよくなっていた。

自分ではさんざんけなしている母のことなのに、他人にけなされるのは悲しい。子供のころは、それでも母が悪いんだと思えたのに、今は、……今はどうだろう。

ポケットの中には、母のパッチワークがある。

雑巾みたいなつぎはぎ、不揃《ふぞろ》いな縫い目、なのにとくべつなものに思えたとたん、紬の中で何かが変わりはじめた。美しいもの、センスのいいもの、ダサイもの、その基準が崩れそうになる。

自分のデスクに戻っても、混乱していて仕事が手に付かない。マナミが視界に入る。立ち話をしている。ちらりと紬のほうを見て、少し声が高くなるのは、こちらに聞かせたいことなのだろう。

「もうちょっと色のパターンを出してくれって言われたの。この三色、どうかなあ」

ああ、通った企画の自慢か。

「ワインの赤、白、ロゼのイメージなんだ」

はっとして、紬は一瞬聞き耳を立てた。その組み合わせを、別の人が提出していたのを知っていたからだ。紬と同時に出して、見せ合ったのだから間違いない。

それもマナミは、藤井との会話からヒントを得たのだろうか。

もしその色を提案すれば、マナミは恥をかくだろう。いい気味、とつぶやいてみても、むしろもやもやする。

結局、紬の企画をマナミに話したのが藤井だったとしても、悪気があったわけじゃない。マナミも、わざと盗んだわけじゃない。誰に、何に憤ればいい？

気がつけばその日、紬は神田まで来てしまっていた。ＪＲ御茶ノ水駅の改札を出たとたん、何をしに来たんだろうと我に返る。それでも足は、古書店街のほうへ向かっている。

　前に迷ったところで同じように迷ったものの、古書泉風堂にたどりつく。カウンターの奥にいたのは、この前と同じくふたつに髪を結んだ女性だった。

「あ、このあいだの！」

　紬を見て、彼女ははじけた声をあげる。

「こんばんは……」

「今日はアイボリーのコートじゃないんですか？　あれ、かっこいいですよね」

　二度目なのに常連みたいに迎えられ、少々戸惑うが、彼女の明るさには嫌みがなかった。

「ありがとうございます。自社製品なんです」

「ファッション関係の会社なんですか？　へえ、白系が似合うっていいなあ。もう、シンヤさまのイメージ」

　って誰だろう。うっとりとした目でそう言うからには、アイドルか何か？　首を傾《かし》げる間もなく彼女はたたみかけた。

「あ、柳川さんですよね。もうすぐ戻ってくるかと。よかったら座って待っててください」

しかし、彼に会ってどうするつもりなのか、わからないままここへ来た紬は、今さらながら戸惑った。

「いえ、ちょっと本を見に」

などとごまかす。

「それ、柳川さんの著作ですよ」

意味もなく手に取ってみた本を、彼女は指差した。

「え、柳川さん、本を書いてるんですか？」

「民俗学の研究者ですから。大学で講義もしているし、本も書いてます。こっちは、うちで出版したものなんですよ」

別の本を掲げて見せる。著者名に柳川漣太と書いてあった。とすると、彼女は古書店のバイトではなく編集者なのか。

「うちは学術系の零細出版社なんです。柳川さんが調査研究に出かけたり執筆してるときなんかはお店を手伝ったりして、わたしももう、何が本業かわからないんですけど。あ、わたし平良《たいら》季名子です。きなこって大豆の粉か、って思いますよね」

自分で言って自分で笑う。紬も自己紹介しようとすると、彼女にまた先を越された。

「紬さんですよね。小峰紬さん。柳川さんに名刺見せてもらっちゃって。紬ってかわいい名前ですよね。織物だから、ファッションと縁があるのかな。ああ、柳川さん帰ってきました」

紬が振り返ると、柳川は帽子を取りながら「ああ、どうも」とつぶやいた。くたびれたステンカラーコートに形の崩れたフェルトの帽子。相変わらず、もっさりとして無表情な人だ。でもけっして、不愉快ではない。

「お母さんのご様子はいかがです？」

落ち着いた口調はむしろやわらかくて、紬をほっとさせてくれる。

「相変わらず山姥になりきってます。それに姉が、二番目の姉ですけど、写りの悪い写真では母に見えると言ってました」

話しはじめると、もっと話したくなる。いろいろ聞いてもらいたくて、ここへ来たのかもしれない。

「わたし、さすがにショックです。本当に母なのかどうか顔がわからないだなんて。姉妹の中では母と離れていた時間がいちばん短いし、姉たちよりは母のこと気にかけていたつもりなんです。たまには電話してたし、姉たちはほとんど音信不通だったのに……」

「では、あなたの直感が正しいのかもしれませんよ」

あごに手を当て、真剣に考え込んだかと思うと彼はそう言った。

「母じゃないってことですか？　顔がおぼえられないことがあるって、柳川さんが教えてくれたじゃないですか」

「そうなんですが、あなたの感覚は、あなたにしかない。あなたが見捨てたら、もう誰にも気にかけられることなく消え失《う》せてしまう貴重なものです。何かひっかかるなら、それはだいじにしたほうがいいと思います」

たしかに自分は、人の影響を受けすぎている。だから、藤井の言葉や態度に困惑させられてしまう。母のことだって、山姥になっただなんて言うからそうなのかもしれないなんて、バカげた話なのに真剣にとらえてしまう。

でもそんな中にも、紬自身が感覚的にひっかかっていることがあって、だから混乱してしまうのだけれど、いっそこだわってもいいのだろうか。

「……あの、パッチワークと山姥は関係あります?」

ずっとひっかかっていることを訊いてみた。

「パッチワークって西洋のものだし。でも母は昔から、古い布を大切にしないと山姥が怒るって言って、パッチワークのものを持たせようとしたんです」

「布、なら関係あるかもしれませんね」

柳川はますます真剣な研究者の顔になった。

「山姥伝説にはときどき、機織《はたお》りをする山姥や、機織りの助言をするといった場面が出てきます。美しい織物を、山姥からの贈り物だと代々大切にしていた旧家もあります。

そもそも、女神はもちろん、超自然的な女性のあやかしが糸紡《いとつむ》ぎや機織りと結びついているという伝承は、西洋東洋問わず無数に存在します。そういう意味では布は、どんな布でも、何か神がかった力が宿っているもの、ぞんざいにしてはいけないと言うお母さんの言葉もよくわかります」

「でも、今の布は機械で織ってるんですよ」

大量生産のうえ、安価なものに、神がかった力も何もない。

「パッチワークは手縫いでは？」

「……まあそうですけど」

「もしパッチワークに興味があるなら」

「いえ、べつに興味は」

あんなダサイもの、と思っている紬は大きく首を振った。

「日曜の午後はあいてますか？」

どきりとしてしまったのは、少々自意識過剰だった。藤井にも誘われていたのを思い出したから、きっと意味合いは違うのに、デートに誘われたかのように感じたのだ。

「えっと、何かあるんですか？」

「ご案内したいところがあります。気が向いたらこの店まで来てください」

紬が返事をする間もなく、柳川は来店した客の視線に応えるように、そちらへ行ってしまった。専門書をさがしに来たらしい客と、すぐに小難しい談義がはじまる。

「紬さん、またあのアイボリーの着て来てくださいよ」

カウンターの隅で、季名子が言った。

「え？　ええ」

服に興味があるなら、自分がおしゃれをすればいいのに。そう思いながら季名子の紺色の、数年は型落ちしたスーツを眺めた。


何をしに柳川の店へ行ったのかわからないままだったが、不思議と紬の気持ちは静まっていた。母が母に見えない不安を、柳川はやわらげてくれる。山姥の話も、同僚にしろ友達にしろまともに取り合ってはくれないだろう。麻弥も、まともに考える気はなかった。紬にしても、母に違和感がなければ聞き流しただろうけれど、山姥になったという話が違和感の核心のようで気になっている。

誰もが自分と同じ世界を共有していると思っていた。いいものは誰が見てもいいし、悪いものは誰が見ても悪い。ファッションも、人も。

紬の持ち物をまね、企画もまねたマナミは卑怯《ひきょう》な人間だから嫌い。藤井は誰からも好かれる好青年だから親しくなりたい。

本当にそうなのか。母が母に見えないのが紬だけなら、自分の目がゆがんでいることになる。かっこよく見えるファッションも、とっくに流行遅れなのではないか。もしかしたら、柳川の昭和ふうは最先端？　もう、何が何だかわからなくなる。

〝あなたの感覚は、あなたにしかない〟自分が引っかかるものをだいじにしたほうがいいという、柳川の言葉を思い出す。

だったら、ちゃんと自分の目で母を見てみよう。

メトロを降りて地上へ出ると、街灯の下に止められた自転車のサドルに猫が座っている。よく見ると塀の上にもいる。都心に近いのに少しのんびりした雰囲気のあるこの町が、紬は気に入っている。

上京したとき、専門学校の卒業生からの紹介でルームシェアをして住んだのがこの近辺だった。東京の地理に詳しくもないため、慣れた地域にその後も住み続けている。

駅から同じ方向へ歩いていた人影が、徐々に減っていったころ、灰色がかったマンションの外観が見えてきていた。暗い中、細い道にめずらしく人が集まっている。近所の人が立ち話をしているようだが、ざわざわとして不安そうだ。

「あら小峰さん、おかえり」

その中にいたひとりが声をかけてきた。マンションの管理人だ。

「何かあったんですか？」

「そこの犬がね、誰かに切りつけられたんですって」

角の民家に、人が通りかかるとひどく吠える犬がいるのはよく知っていた。門から出られないようになっていたが、門扉が壊れんばかりに体当たりしていた元気な犬だ。

「このところ、ほかにも犬や猫が切られたって話を聞くし、なんだかいやだわね。あなたも、ほら、お母さんはこのあたり不慣れでしょうし、気をつけたほうがいいわよ」

紬が留守の間に、母は管理人に挨拶をしてよく話すようになっていた。おかげで、これまで何年も部屋番号でしか認識されていなかったのに名前で呼ばれるようになったのだ。

とても静かな町なのに、そんな物騒な事件があったとなると母が心配だった。急いでマンションの部屋へあがる。明かりはついている。ドアを開けると、リネンの暖簾越しに見える流し台に、母の姿が見える。

ほっとするものの、田舎と同じようにひとりで出かけるのだから安心はできない。

「おかえり、紬」

「お母さん、今管理人さんに聞いたんだけど、近所の犬が誰かに切られたんだって。物騒だから気をつけ……、その手首、どうしたの？」

母の手首に絆創膏《ばんそうこう》を見つけ、紬は手を取った。

「うん、角の犬に吠えられてさ、びっくりしてよろけたひょうしに、ちょっと枝でひっかけたん」

「角の犬って、よく吠えるブルドッグ？」

「よく吠えるん？　あの前通ったのはじめてやもんで。門の隙間から鼻面出す勢いで怖かったわ」

「その犬が切られたのよ」

「へえ、ほんと。やたら吠えるで、頭にきた人がおるんかなあ」

まさか、母がやったなんてことはないだろうか。一瞬疑いの目を向けてしまった紬は、あわてて否定する。ほかにも動物が傷つけられているという。母がそんなことをしてまわるわけがない。

でも、山姥になった母だ。いやいや、山姥はむやみに動物を傷つけるものだろうか。傷つけるというより、食べようとするかもしれない。イノシシを食べたとか言っていたし。

いやいやいや、あり得ない。紬は頭《かぶり》を振って、バカげた考えを追い出す。

「唐揚げ、作ってくれたの？」

犬の話は打ち切りにする。

「紬、好きやったやん？」

キッチンのボウルには、大量の鶏《とり》の唐揚げが積み上げられていた。その違和感からも目をそらすことにする。

「ごはんにしよか」

「そうだね」

ガラステーブルに唐揚げを運ぶ。キャベツの千切りがメインのサラダも大量にある。取り皿を用意して、ごはんをよそう。

母の、毛玉だらけのニットには、プラスチックのブローチがくっついている。藤井と会った夜にも、母は上着にこれをつけていた。

紬からのプレゼントだったからって、大人が身につけるものではないおもちゃだ。いつまでも使っている母に、高校生だった紬は苛立ったのをおぼえている。自分の、子供だったとはいえそんなものを選ぶかという昔の趣味の悪さというか未熟さを、見せつけられたくなかったのだ。

母は、そのブローチを恥ずかしいとは思わないのだろうか。下手なアップリケで飾った服をいつまでも着ているように、古くさい流行遅れでも気にしない。破れても、繕えばいいとさえ思っている。

むしろ母は、新しい服よりも、繕っただけ、古くなって手を入れただけ、それに価値があると感じているかのようだ。

「どうしてパッチワークをするの？　山姥を敬うため？」

単純な疑問なのに、問うたのははじめてだった。

母のことを知ろうとしたことはなかった。母が何を考えているのか、どんな人なのか、ただ従順に、流されるままに生きてきただけなのか、まったく抵抗は感じなかったのか。それに、どうして突然姿を消し、今また子供たちの前に現れたのか。山姥とパッチワークは、母にとってどんな意味があるのか。何も知らないなんて、どれほど自分は、母に対して無関心だったのだろう。

自分を産み育てた人なのに、目を背けていた。血がつながっているからこそ、自分の見たくない部分を見るようで、遠ざけていたのだ。

今も、母を直視したくない。

直視したくないけれど、そうしないと、紬は自分自身も直視できないままだということになるのだろう。

「ごはんを食べるようなもんかなあ」

短く答えた母は、大きく開けた口にごはんを運ぶ。

「生きるため？」

「そうやなあ、けど、いちいち生きるためとか思てごはんは食べやんやろ？」

「じゃ、おいしいから？　おなかがすくから？」

「あんたはなんで、都会で働いとるん？」

質問で切り返され、どきりとした。

「幸せになりたいんやろ？」

母のパッチワークも、そうなのだろうか。

＊

階段を上がっていくミニスカートの女子高生、その後ろからぴったりとついていくサラリーマンふうの男。麻弥は男の手元に注目する。スマホでもいじっていれば盗撮かと思うところだけれど、男は何も持ってはいなかった。

単に、階段の幅いっぱいに広がる女子高生たちを、早く追い越したいというところか。けれどこのごろの盗撮犯は、カバンや靴にカメラを仕込んでいるという。やっぱりあの男、あやしいのではないだろうか。

見知らぬ酔っぱらいにからまれた腹いせに、あれから麻弥は、何度も妄想している。あのときの男に仕返しすることが難しいなら、誰でもいいから八つ当たりしてやりたい。苛立ちを抑えきれないまま、街を歩けば獲物をさがすように目を光らせる。

恥ずかしくてくやしくて、居たたまれなくなった麻弥と同じ気持ちを、誰かに味わわせてやれば、少しは気が晴れるだろうか。たとえばあのサラリーマンふうの男に、声をかける。「スカートの中、撮ろうとしたでしょ」と。彼は一瞬戸惑い、それから羞恥心《しゅうちしん》でいっぱいになり、プライドを傷つけられたことに憤るだろう。

けれどその、ナイフのような短くも冷たい言葉が発せられた瞬間から、彼が無実かどうかはどうでもいいことになってしまう。麻弥の言葉に気づいた女子高生たちは彼に詰め寄るに違いない。取り囲まれ、通行人も彼に盗撮魔を見る目を向けるだろう。

突然降りかかった災難に、どれほどくやしく恥ずかしい思いをするか、きっと女が痴漢にあったときと似ているのではないだろうか。相手のほうが圧倒的に優位で、どう抗議していいかわからない。自分は悪くないのに、自分の性そのものが罪であるかのような理不尽さに打ちのめされる。

しかし麻弥は、声をあげることなく女子高生と男のそばを通り過ぎる。地下鉄から地上に出て、夜道をぶらぶらと歩く。

通りすがりの人を見て、そんなことを考えている自分は、どうかしている。わかっているけれど、暗い感情がまとわりついて消えない。

麻弥はずっと、男っぽいのが自分だと信じ続けてきた。でも、本当の自分はありふれた女だ。そのことに気づくのが少し遅すぎたのだろう。

結局は女だから、祖母の望む跡継ぎになれるはずもなく、女の子らしくないからお嫁にも行けないとたしなめられた。男の子だったらよかったのに、そう言うから、男の子になろうとしたのに。祖母は麻弥のことを、跳ねっ返りの粗暴な女として嫌った。

自分はいらない存在なのだと、幼いころからひしひしと感じていた。男の子を産めなかったことを、たびたび祖母になじられた母は、言い返しもしなかったが、それはかえって麻弥を傷つけた。母も、祖母の言うとおりだと思っている、母にも望まれていなかった、そんなふうに思えてしかたがなかった。

そんな麻弥を認めてくれたのは、少なくともそのころ麻弥が信頼していた人は、はじめてできた恋人だった。麻弥の、女おんなしていないところが好きだと言った、三つ年上の大学生だった。夏に海辺のバイトで知り合い、週末になれば必ず会っていた。

高校を卒業し、地元の企業で働きはじめたとき麻弥は、その人が大学を卒業したらいっしょに暮らしたいと考えていた。

けれどそのころ、祖母が急に、麻弥に見合い話を持ち出した。今どき見合いなんてと思うと同時に、養子に来てくれる人はなかなかいないからと、一回りも年上のおじさんを押しつけようとした祖母には頭にきた。

そのうえ、祖母は言った。

〝あんたなんてどうせもらい手ないんやから。若くて丈夫ならええて人がいるだけありがたく思わな。あんたのお母さんもな、あんな器量やけど丈夫そうやったから、あたしも嫁にと決めたんや〟

黙れクソババア。

麻弥は祖母に手を上げていた。

家を飛び出し、恋人に会いに行った。もう家には帰らない、彼も受け入れてくれると信じていたけれど。

結婚とか、考えてないんだ。彼はそう言った。それに麻弥って、家事とか料理しないだろ。結婚には向いてないよ。

思ったことをはっきり言うところがいい、シモネタの馬鹿話につきあってくれる女はいない、そう言って彼はいつも麻弥を持ち上げてくれた。家事なら俺にもできる、そこらの女より完璧だから自分でやったほうがいいとか、外食のほうがうまいのに手料理で気を引こうとするのってどうよ、とか言いながら、結局は、麻弥ではない女にそれを求めていたのだ。

麻弥は、自分をありふれた女だと見抜いた男たちを憎んでいる。それなら麻弥でなくていいと離れていった彼らを、酔っぱらいの痴漢と同じように憎んでいる。

自分は山姥に近づいているのかもしれない。

山姥になったと紬に聞いた母の話に、麻弥はそんなことを考えていた。山姥の娘だから、自分もいずれ山姥になるのだろう。男を煮て食う山姥に。

奥まった通りにある、小さな書店にふらりと入った。店内はそこそこ混雑しているし、狭い通路で立ち読みする人と体が触れることも少なくない。麻弥はそんな通路に立ち、本を手に取りつつ周囲の様子をうかがった。

ひとり、店に入る前から麻弥の後をついてくる人物がいるのに気がついていた。その男は交差点で信号待ちをしていたのに、麻弥が通り過ぎると同時にこちらへ向かって歩いてきた。気のせいかと思ったが、書店へ入ってもついてきている。

そうして誰かをさがすようにきょろきょろしている。たぶん麻弥をさがしている。知っている人かとこっそり顔を確かめるが、見覚えはない。三十代半ばくらいか、たぶん麻弥と同世代だ。がっしりした体格で短髪、彫りの深い顔立ちで、狭い書店では立っているだけでじゃまになる。

彼が書棚の向こう側に姿を消したのは、麻弥を見つけたからだろうか。再び現れた彼は、麻弥のいる通路をゆっくりと歩き、少し距離を置いて立ち止まった。棚の本を物色するふりをしながらも、こちらをちらちら見るような視線を投げかけてくる。

本を棚に戻した麻弥は、わざと男のほうへ向かって歩き出した。彼は目をそらして、ポケットから携帯を取り出す。

そのとき麻弥は立ち止まり、男のそばで声をあげた。

「ちょっと、勝手にわたしを撮ったでしょ！」

振り返った男は、自分のことかと確認するように周囲を見回した。

「盗撮なの？　携帯見せなさいよ」

「いや、あの……」

体格に見合わず、頼りなげにうろたえる。店内がざわつく。店員が駆け寄ってきて、やんわりと男の肩に手を置く。

「お客さま、すみませんがちょっとこちらへ」

何もしてない、と主張するのがふつうだ。が、その男は急に、麻弥に向かって頭を下げた。

「す……すみません！」

今度は麻弥が驚く番だった。

「どうしても気になったんだ。けど声をかけづらくて……」

どういうこと？　彼は本当に盗撮をしていたのだろうか。でも、麻弥はスカートではないし、ふつうの意味で盗撮されるような服装ではない。

注目が集まる中、すみません、と何度もそう言う彼は平謝りだ。

麻弥は呆然《ぼうぜん》とし、やがて我に返ると、どうしていいかわからなくなって、逃げるようにその場から立ち去っていた。

3　襤褸《ぼろ》をつなぐ

藤井からの誘いを断って、紬は柳川の店へ来ている。日曜日の午後をつぶして、社内でも注目されている先輩とのデートではなく、まだよく知らない人と、どこへ行くのかもわからないまま出かけるのだ。同僚の凜子が知ったら間違っていると声を大にすることだろう。

そう、間違っている。藤井に少しばかり齟齬《そご》を感じたからって、紬にはもったいないような人が好意を向けてくれているというのに、なぜ柳川といっしょにいるのだろう。

母が上京したからだ。そうして紬の日常や、価値観をかき乱してしまったから、紬は何を優先すべきかわからなくなった。

来シーズンの新しい企画を考え直すなら、急がなくてはならないのに、別のことが頭を占めている。たとえば犬が切られた事件のことだ。どうしても気になって、ほかにもあったという似たような事件を調べたところ、どれも母が上京してから起こっていた。

「少し歩きますけど、いいですか?」

中央線で西荻窪《にしおぎくぼ》まで来たところだった。改札を出て、柳川はそう言う。
「ええ、大丈夫です」
目的地については秘密にしたまま、柳川は、気に入ると思いますよ、とだけ言ってい
た。紬のことをほとんど知らない彼が、どうしてそう思うのだろう。
柳川は、散歩でもするみたいにのんびりと歩きだした。そろそろ寒さも和らぎ、晴れ
た日なら外を歩くのも悪くなかった。
住宅街の一角に、古い木造の民家がある。門には木製の看板が立てかけられていて、
『古布《ふるぎれ》ミュージアム』と書かれていた。
「ここ、ミュージアムなんですか？」
「個人のコレクションですが、公開しています。なかなかおもしろいですよ」
少し奥まった玄関は、ガラスのはめ込まれた引き戸になっていて風情《ふぜい》がある。ご自由
にお入りください、と書かれた札が掛かっている戸をカラカラと開けて、柳川は中へ足
を踏み入れる。
「ごめんください」
声をかけるが、返事はない。気にせず彼は靴を脱いであがっていく。紬も同じように
する。玄関の左手には広い座敷があり、額やガラスケースが置かれていて、たしかにミ
ユージアムふうになっていた。

藍色の、木綿の切れ端が額に納まっている。あるいは絹や羊毛もある。どれも色あせて、こすれた生地は薄くなり、ほつれが目立つ。年代と、どこで織られた布かがきちんと書いてあるのもあったが、ほとんどが〝不明〟で、ヨーロッパとかアフリカとか大まかな産地だけが記されていた。

一枚布の次には、パッチワークになった布が展示されていた。四角形や三角形が並んだパターンのアメリカンキルトは、パッチワークキルトと聞けばまず思い浮かぶものだ。展示は十九世紀のものだが、古さを感じない。むしろ古い布の、新品にはない風情が新鮮に映る。

一方で、はじめて見るような奇妙なパッチワークもある。波や渦巻きのパターン、いびつな形の布を適当につなぎ合わせたように見えるもの、単純化した動物や植物の形、細い縞模様《しまもよう》につないだもの。

フィリピン、タイ、ウズベキスタン、アフリカから南米まで、独特のパッチワークが並んでいる。パッチワークといってもこんなに地域性があったのかと、個性的な色にも形にも驚かされる。

「どこの国にもパッチワークはあるんですよ。縦糸と横糸を重ねて織っていく布は、昔は手織でしか作れず、とても貴重なものだったので、破れても繕《つくろ》って使っていたんですね」

よれよれになっても、使える場所だけ切り取って、つないで、また使う。そこに注がれたエネルギーは、整然と織られた新しい布以上に濃く熱い。

「どれも、庶民が作り上げたものです。職人技ではなく、売り物でもない。自分たちが使うために、使い勝手がいいように工夫したり、好みの色や柄を、はぎれで精一杯表現しようとしたんでしょうね」

柳川の言葉を聞きながらも、紬は目の前のパッチワークに引き込まれていた。不揃《ふぞろ》いだがきっちり縫い込まれている。色柄を楽しもうとする熱意が伝わってくる。拙い形の動物、どんな小さなはぎれも縫いつけようとする意欲、あふれる色をありったけ詰め込んで、新たなリズムが生まれてくるのは意識しているのか無意識か。

展示物に解説はほとんどない。代わりに添えられた写真は、それらの古い衣類が実際に使われていた当時の日常風景だ。畑仕事をする人、船の上の漁師、炉端《ろばた》で縫い物をする人や、おくるみを着た赤ん坊。お祭りでの晴れ着。モノクロが多いのが残念だ。

「こちらはパッチワークではありませんが」

柳川が指差した次の展示品は、刺し子の半被《はっぴ》だった。

「これは刺繡《ししゅう》と同じような、装飾的なものじゃないんですか?」

「布の上一面に、糸を重ねていくのは、布を丈夫にするためです。刺繡も、もちろんのちに豪華な装飾を施す手法にもなりましたが、各地の民族衣装、それも庶民のものなどは、布を丈夫にし、かつ美しく見えるようにと発展してきたものが少なくありません。それに、厚みが増した布はあたたかくなるでしょう？　生地を覆い隠すほどの刺繡は、寒い地域の民族衣装によく見られます。キルトも、重ねた布を細かく糸で縫い合わせていきますよね。布の間に綿を入れてあたたかくするにしても、縫い目を美しく見せたいと工夫されてきた。パッチワークもキルトも、そしてこの刺し子も、貴重な布を長く美しく使いたいという思いからはじまっているんです」

紬は、刺し子の隣にある、藍色の着物に目をとめた。それはつぎはぎだらけだった。破れたりほつれたりしたところに別の布をあてがい、幾重にも重ねて縫われている。もとの布も、あてがわれた布も藍色だが、微妙な色の違いがモザイクのようだ。

そんなふうに思う自分に、紬は少し驚いていた。ここへ来る前なら、これはみっともないつぎはぎにしか見えなかっただろう。

「これ、襤褸《ぼろ》って書いてありますけど、ボロ布のことですか。ゴミクズみたいな意味ですよね」

「らんる、とも読みます。今の僕たちから見ればクズ布みたいですけど、いわば日本のパッチワークなんじゃないでしょうか」

「パッチワーク、ですか？　でもこれは、デザインしようとしたものではなさそうな気がします」

「ええ、何かの形を模したものでもなく、パターンもない、無作為に置かれた布かもしれませんが、モザイク、あるいは前衛画のようじゃありませんか？　色の強弱、四角く切った不揃いな断片は、動きもリズムもある」

柳川の言葉に、紬は深く頷《うなず》いている。

貴重な布を大切に使い、労働に耐える丈夫な衣類を作ろうとした。丈夫なだけでなく、楽しく身にまといたい。そんな情熱にあふれている。

流行がめまぐるしく変わり、目新しい服が次々に店頭に並ぶ、そんな時代ではなくても、昔から人は、着るものにこだわりを持って、どれほど大切にしてきたことか。

パッチワークって、こんなに美しいものだったのだろうか。紬は深い息をつく。

服を楽しみたい気持ちは、この、根気のいる手作業の延長線上にあるものなのだ。

そこにあった襤褸《らんる》は、掛け軸のように床の間を飾っていた。最後の展示物だった。小さなミュージアムだったが、紬は大きなうねりの中にいるようだった。

木々の影が障子に映り、ゆれている。ごくふつうの民家に、ふつうの人々が使った古布が、居心地よさそうに並んでいる。こんな家の中ではぎれは縫われ、重ねて刺し子や刺繡で飾られてきた。生まれ変わった布をまとったのも同じ市井《しせい》の人々で、破れればまた別の布とひとつになった。どんな小さなはぎれも、誇らしげに見えてくる。

柳川と紬がそこを出るまで、ほかに客は現れなかったし、奥のほうにかすかな住人の気配があったが、その人も姿を見せなかった。

お礼の声をかけて、紬たちは小さなミュージアムをあとにした。

「衣食住、って言いますよね」

紬は、自分をゆさぶった何かを、柳川に伝えたくて口を開く。

「食と住は、なければ死活問題でしょう？　でも衣は、暑さ寒さをしのげる家さえあればさほど急を要しないというか、動物なら食べ物と外敵から身を隠せるところさえあれば生きていける。もしみんながハダカで生活してるなら、なくても困らないような気もするのに……、やっぱり、どうしてもなくてはならないものなんですね」

黒縁メガネの奥で、彼はかすかに微笑《ほほえ》んだようだった。

「衣は、とても人間的なんですね。動物とは違う、人の、創造的な欲求につながる部分なのかもしれません」

ごはんを食べるようなもの、と母は言った。

幸せになるための、ごはん。

＊

あの男はなぜ麻弥の後をつけ、写真を撮ったのだろう。本当に撮ったのだろうか、それともその場の空気に流されてあやまってしまっただけ？　あれから麻弥は、気になってしかたがなかった。

そもそもは、後をつけてくる男に苛立《いらだ》って、濡《ぬ》れ衣《ぎぬ》を着せるつもりだったのだ。その後、気がとがめて自己嫌悪におちいって、苦しむだろうことは想像しながらも、あのとき麻弥は、とことん自分を傷つけたかった。

他人に傷つけられた痛みを忘れるくらいに、自分をおとしめたかったのに、あの男は、麻弥に詫《わ》びた。誰かと自分を傷つけるために振り上げたナイフは、宙ぶらりんになったままだ。

気がつけば麻弥は、あのときの書店へ向かっていた。そこへ行ってどうするのか決めていたわけではない。けれども店へ入ってあたりを見回したとき、店員と目が合ってしまった。

あのとき、麻弥と男の間に入った店員だ。彼も麻弥に気づいたらしく、こちらへ近づいてきた。

「あの、このあいだのお客さまですよね。あのときはご迷惑をおかけしました」

「……いいえ、こちらこそお騒がせしてしまって……」

あの人はどうしたのか、と訊《き》く前に、店員が先に言う。

「あのときの男性なんですが、どうもあなたのリュックのデザインが気になったらしくて、写真を撮ったみたいですよ」

「リュック、ですか？」

あの日は仕事が休みだったから、ふだんに使うリュックを持っていた。黒い合皮とデニム生地を縫い合わせたパッチワークだ。

「携帯、見せてもらいましたけど、写っていたのはそれだけでしたし、警察沙汰にするほどでもなさそうでしたので帰ってもらいました」

リュックの写真を撮られたって、どうってことはない。しかしなぜあんなものを撮ったのだろう。

結局、あの男に対する疑問は何ひとつ解明されないまま、麻弥はパッチワークの本を一冊買って店を出た。

通りを少し歩いたところで、麻弥は立ち止まる。前方に、あの男がいたからだ。麻弥が盗撮犯にした、短髪の男だった。

「待ってくれ。待ち伏せしていたわけじゃないんだ」

きびすを返しかけた麻弥に、彼はあわてたように声をかけた。

「いや、待ち伏せみたいなもんだけど、もしかしたらこのへんをよく通る人なのかなと思って。あのさ、この前俺が写真を撮ったのは……」

「リュックなんでしょう？」

麻弥が立ち止まったので、彼はほっとしたのか肩の力を抜いた。

「あれ、パッチワークだよな。買ったのか？　それともきみが作ったもの？」

「……それがどうか？」

「あのさ、よかったらそこで話さないか？」

目の前にある喫茶店を彼は指差した。どうしようかと思ったが、彼に対する罪悪感もあったから、話をするくらいいいかと思い直す。

喫茶店で彼が差し出した名刺は、白地に黒い文字で、何の変哲もないものだったが、肩書きは目を引いた。

「パッチワーク作家？」

「うん、それで俺……」

「網取翼《あみとりつばさ》？」

麻弥はその名前を知っていたから、驚いて声をあげた。

「ちょっと待って、この本の？」

買ったばかりのパッチワーク本には、タイトルにしっかりその名前が入っている。

『網取翼のガーリー小物』だ。パッチワーク関連の本をいくつか出している作家だが、ポップでキッチュなデザインは若い女子にも人気がある。斬新なので、麻弥も参考にすることが多い。

「そう、あ、買ってくれてたんだ？　うれしいな」

「って、男！」

しかも若くはないし、どちらかというと男くさいくらいのおじさんだ。

「よく驚かれる」

「詐欺じゃない！　ガーリーって何よ、その顔でこんなかわいい小物縫ってるっていうの？」

「顔では縫わないから」

「そりゃそうでしょうよ」

まだ半信半疑で、翼、という女にも取れる名前の男を麻弥は眺めた。彼のどこに、あの蛍光パステルの色彩が詰まっているのだろう。本人は、カーキ色のモッズコートに黒のタートルネックとむしろ地味だ。

「手芸関連ってどうしても女性のするものってイメージだからね。でも創作に男女は関係ないだろう？」

それでも、パッチワークが好きだと公言していいタイプかどうかというのはあると思う。

「……で、街で見かけるパッチワーク、いちいち写真に撮るわけ？」

運ばれてきたコーヒーに口をつけ、それから翼は力を入れて言った。

「あのリュック、すごくいいなと思ったんだ。男が使っても違和感ないよな」

「それはわたしが、女っぽいものが似合わないから。自分が使えるようなのを作ると、パッチワークなのにパッチワークでなくていいじゃんってものになっちゃうんだ」

「パッチワークだからいいんだよ。それでしか作れないデザインがある」

「そんなに深く考えてないし」

パッチワークについて熱く語る気は、麻弥にはない。だから薄い反応になるが、翼は物足りなそうな顔をした。

「きみ、マーヤさんって名前で、パッチワークのグッズを売ってるよね」

まるで焚《た》き付けるように、彼は新たな話題を振った。作ったものを、ときどきそうやって売っているのはたしかだが、作品だけでリュックを作った人と同一人物だと彼にはわかったのだろうか。

「たまにオークションに出すだけ」

「いいもの作るなと思って、ずっと気になってたんだ。そこでさ、いっしょに展示会をしないか？」

麻弥はコーヒーでむせそうになった。

「こう、パンチのきいたパッチワークの作家を集めたいなと思っててさ」

大きな目を輝かせる彼は、どうやら本気だ。

「もっとパッチワークを、ファッションアイテムとして盛り上げたいけど、どうしてもカントリーふうだったりハワイアンキルトのイメージが強いだろ？」

「わたし、パッチワークは嫌いなんだ」

冷や水を浴びせるように、麻弥は言う。彼はきょとんとこちらを見た。

「え？　でも」

「子供のころから、見よう見まねでやってきたけど、わたしがパッチワークをするなんて誰も知らない。家族も、最初に教えてくれた母も、とっくにやめたと思ってるだろうし、友達にも話したことない。ずっと昔から隠れてやってる。わたしにとっては、隠れてしなきゃならないこと、だから嫌いなの」

祖母や母の前では男の子になろうとしていた。友達だって、似合わないと思っただろうし、男子に知られればからかわれたに違いないから、ずっと黙っていた。今でも、なんとなく人に話してはいけないような気がしている。今の自分にだって似合わない。

「ごめんなさい」

ひざに手を置いて、麻弥は言う。

「……あなたが写真を撮ったのには気づかなかった。なのに、あなたを盗撮犯呼ばわりしたんだよ。後をつけられて、じろじろ見られたからそれだけでむかついて。だから、ごめんなさい」

人が山姥《やまんば》になるとしたら、人として間違ったときだろうか。母はそう考えていたように麻弥は思う。誰かのことを、たぶん事件のニュースを見ながらだったか、山姥になってしまったと言っていたことがある。麻弥もそうなりかけている。まだ引き返せるのかどうか、よくわからない。

ポケットを探り、コーヒー代をテーブルに置く。

「わたしなんかと、かかわらないほうがいいよ」

真摯にパッチワークに取り組んでいる人と、いっしょになんてやれるわけがないのだ。

「俺も、ずっと隠してたよ」

立ち上がりかけた麻弥に、彼はぽつりと言った。

「男なのにってバカにされたし、それがいやで隠れて作ってた。自分はパッチワークなんか好きじゃないと、やめようとしたこともあったな。柔道部に入って、手芸のことなんてこれっぽっちも頭にないふりをしてた。でも結局、やめられないから続けてる」

そうだ、似合わないのだから、やめてしまえばよかっただけだ。ほかに没頭できる趣味くらい、さがせば見つかっただろう。スポーツだって嫌いじゃないし、ヨガに通っていたこともある。旅行も以前はよく行っていたが、友達に家庭ができる年齢になればみんなで出かける機会は減った。ひとり旅も何度か楽しんだし、また行きたいと思っているのに、休日はついパッチワークに没頭してしまう。

結局、何より長続きしているのがそれなのだからどうしようもない。

「気が向いたら連絡してよ。展示会は別として、俺はきみの作品をもっと見てみたい」

頷いたのかどうか、自分でもよくわからないまま、麻弥は喫茶店を出ていた。


千駄木の駅を出て、しばらく歩いた。住所を入力したスマホの地図をたどっていくと、グレーのマンションが現れる。こぢんまりとした小ぎれいなマンションは、紬が選ぶならこんなところだろうと思われる。エントランスのインターホンに近づいて、麻弥は紬の部屋番号を押した。

「はい」と声がする。若い声ではない、とすると母だろうか。インターホン越しだからか、母の声にも聞こえなかったが、麻弥は首に巻いたストールに顔をうずめるようにして、「宅配便です」と言う。すぐにエントランスが開いた。

これでオートロックを開けるなんてだめじゃない、と思いながら、エレベーターは使わず階段を二階へ上がる。それにしても、母に自分がわかるのだろうか。

が、その心配をする間もなく、たどりついたドアが勢いよく開いた。

「麻弥！」

まるい額にまるい頬、ふっくらした女が、目を細めて微笑んでいる。そうっと差し出された手が、麻弥の腕を軽く触る。

「あれまあ、えらい大人っぽくなって……」

母は言葉を詰まらせて、麻弥の顔を覗《のぞ》き込んだ。けれど麻弥は、自分が石のようだと感じていた。何の感動もない、ここへ何をしに来たのかもわからない。

とっくの昔に、十九歳の少女ではなくなった自分は、あのときの憤りも忘れてしまった。ただ記号のように、この人は母なんだと理解しているだけだ。

「わたしだって、インターホンでわかったんだ」

「そりゃわかるわ。ほやけどその仏頂面はあんまり変わらへんなあ、麻弥」

涙ぐむ母は、ずいぶん歳《とし》をとった印象だ。そのせいか、麻弥の記憶にある母とは、かすかにずれているような、奇妙な感覚があった。

「まあ入りない。紬の家やけどさあ」

「紬は？」

「今日は出かけとるで」

けれどすぐに、今の母が過去の母の像に上書きされる。肩幅が狭くなったようなのも、厚ぼったい印象だった手のひらが薄くなったのも、声が少ししわがれたのも年齢のせいだろう。少し体を傾けて歩く後ろ姿は、昔と変わっていない。

「宅配便ってだけですぐにドアを開けちゃだめだよ」

「気いつける」

うれしそうに微笑むけれど、かつて母が、自分にこんな表情を向けたことはなかったはずだ。

「ねえ、一年半もどこへ行ってたの？」

「山やよ」

「どこの」

「山はあちこちつながっとるもんでなあ」

山姥になったとか、紬が言っていた。そこはぶれないらしいと麻弥はため息をつく。

「なんで東京へ来たのよ」

「迷惑やったかいな」

「連絡もなしにいなくなって、いきなり現れるなんて戸惑うよ。紬だって迷惑だよ。そこの布団、しまう場所もないんでしょ。まさかこっちに住むつもり？」

「心配せんでも、そのうち帰るわ」

「家へ帰ったら、近所の人にお詫びしてよ。捜索願も……」

「家とちゃう、山や」

「何言ってんの、これ以上迷惑はごめんよ。これまでどおりにしててよ」

ずいぶん一方的だと思いながらも、麻弥は言う。

母が家を出て、好き勝手に生きたいのだとしても無理はないのに、自分はそうしているくせに、母のことは枠にはめようとしている。

祖母と同じだ。けれど母が、もう少し自分勝手だったなら、麻弥はこの世に存在していないのだろう。

「もう迷惑はかけへん。山姥になって、それでおしまいや」

お茶を入れた湯飲みを、母は、ワンルームの中ほどにある小振りなガラステーブルに置く。

「山姥とか、バカな話をするのはやめて」

母が淹《い》れたお茶が、十数年ぶりに目の前にある。どういう皮肉か、茶柱が立っている。

「好きやったやん。山姥の話」

「嫌いだよ」

母はゆっくりと、自分が淹れたお茶を飲む。出涸《でが》らしでもいつも、おいしそうに飲んでいた。

「あんたはひねくれとったなあ。あまのじゃくや。好きなものを嫌いやて言う。嫌いなものを好きなふりする」

「山姥に興味ないって」

「本当は、野球よりパッチワークが好きやったやろう？　そやのに毎日、男の子と野球して、やんちゃして見せて」

つい、口をつぐんでしまうと、母はそっと湯飲みを置いた。

「今でもそうなん？」

部屋の隅に置いてある、パッチワークの大きな肩掛けバッグを母は引き寄せて、中から何やら取り出した。色あせた布を集めたパッチワークは、いかにも母の手作りだ。不揃いなはぎれのピース、うねる縫い目、どうして上達しないのだろう。ボタンで閉じる小物入れだろうか。それを麻弥に差し出すが、受け取る気にはなれなかった。

「お母さんは、わたしを産みたくなかったんでしょ？　おばあちゃんが言ってた」

拒絶する代わりに、麻弥はこぼす。

「ちょうどお父さんが、よそに女を作った時期で、家を出ようとしたんでしょ？　わたしがおなかにいたから、おばあちゃんに説得されたんだよね。男の子かもしれないから、産んでくれって」

それが期待はずれだったから、祖母は麻弥に冷たかった。そのくせ反抗的になっていく麻弥に干渉しようとし、言い争いになるたびに、祖母は暴言を吐いた。あたしが文子を引き止めんかったら、あんたは生まれてへんのやで。好き勝手にできるんはあたしのおかげやで。

結局麻弥は、祖母の葬儀にも出ていない。

「麻弥、それは違うで」

「わたしはもう、縁を切ったつもりなの。あの家とも、お母さんとも。干渉しないで」

なのにわざわざここへ来て、母に文句を言っている。何もかもが矛盾している。

麻弥は立ち上がり「帰る」とつぶやく。玄関まで、追うようについてきた母は、さっき手渡そうとしたパッチワークを麻弥のポケットにねじ込んだ。

「あんたらは、山へ行ったらいかんよ。あたしの、山姥の娘やけど、こっちがわからはみ出たらいかん」

拒絶できないほどに、母は真剣だ。

「こっちがわで、幸せになってほしいんや」

小さかったころ、山姥から身を守るためにと母がいつもパッチワークの小物を持たせてくれたことを思い出した。ポケットの中のものは、そんな母の思いなのだろうか。都会にいても、どんな小さなきっかけで道を踏み外すかもわからない。小さな悪意に触れて、悪意を誰かに向けてしまいそうになる。

見透かされ、戒められたように感じた麻弥は、パッチワークを突き返すよりも、母の懇願するような目から早く逃れたくて、急いできびすを返し部屋を出た。

自分がどちらへ向かっているのかわからないまま、うねうねと曲がる道を歩いた。道ばたに、民家の塀に、猫の姿がある。余所者《よそもの》が来たというように、麻弥をじっと見ている。上り坂の途中で立ち止まり、麻弥はポケットから母がつっこんだものを取り出した。

パッチワークのポーチ。いや、裁縫道具を入れるものだ。ボタンをはずすと布が開き、ハサミや定規、チャコペンシルに糸巻きなど、道具を入れるポケットが並んでいる。小さな針山もある。くるくると巻いてボタンで留めれば、道具一式を手軽に持ち運べる。

子供のころ麻弥は、これと同じものを持っていた。母がくずかごに捨てていたから、こっそり取っておいたのだ。捨てられていたのに、中にはハサミも縫い針も糸も入っていた。

麻弥がパッチワークをしていることを、知っていたのは母だけだ。最初は母に教わったものの、なんとなく母と同じ趣味を持つのが許せなくて、すぐに飽きたかのように装った。けれど、麻弥がこっそり母の裁縫箱から針と糸を持ちだし、縫っていたことには気がついていたのだろう。

古くなった道具入れは、今もまだ会社の寮にある。もう使っていないけれど、引き出しの奥につっこんだままだ。

捨てられなかった。パッチワークを続けている自分は、本気で母から離れることなんてできないのだ。

麻弥はパッチワークをくしゃくしゃに握りしめて、坂道の途中で座り込んだ。

＊

そばは好きかと訊かれ、紬は頷く。古布ミュージアムの帰り道、柳川は年季が入った風情のそば屋へと足を運んだ。夕食には少し早い時間ながら、席は埋まっている。香ばしいほうじ茶に一息つくと、柳川のメガネが曇っているのがかわいくておかしかった。

「柳川さんは、生まれも育ちも東京ですか？」

紬は、よほど楽しそうな顔をしていたに違いない。彼は少し不思議そうにまばたきをした。

「いえ、実家は長野なんです」

「あ、そっか。それで、山の民話に昔から親しんでたとか？」

するると、遠くを見るように目を細める。

「たぶん母が……、僕の記憶にないくらい若くして亡くなったんですが、小さいころは母が山にいると聞かされていました。ふつうは天国ですよね。なのに、山姥のところだというんです。でも不思議と、天国にいると言われるより、いつでも近くにいるように感じられました。家は市街地にありましたが、どこにいても視界に山々があって、身近なものでしたから」

とても個人的な話だったが、柳川はさらりとしていて、しんみりしてしまいそうな紬に小さく微笑んだ。

「紬さんも、山は身近だったでしょう？」

視界にあるどころか、少し道を間違えば山に迷い込むようなところだった。

「わたしは、山しかない田舎なのがいやだったから、見ないようにしていたかも」

「ああ、それは正しい。山のそばに暮らすなら、山に挑んではいけません」

「そうなんですか？」

「どこの山でも、神さまがいますからね」

「山姥も、ですか？」

そのとおりだと、柳川は深く頷いた。

「文子さんの山姥の話、僕は最初、本気で信じたんです」

思いがけない言葉に、紬は目をまるくする。

「あのとき僕は、名古屋でレンタカーを借りて、鈴鹿山脈を北から南へ向かって移動する予定でした。御池岳《おいけだけ》に臨むいなべ市で、郷土史の研究家に会い、翌日に湯《ゆ》の山《やま》温泉から御在所岳《ございしょだけ》を眺めて鈴鹿市へ……。入道《にゅうどう》ケ《が》岳《たけ》を見ながら十一号線を進み、近くに坂上《さかのうえの》田村麻呂《たむらまろ》にちなんだ鬼の塚があると聞いていたので寄ることにしたんですが、しだいに道がひどく狭くなり、車では通れそうになかったので、そこに車を止めて歩くことにしました。ナビが壊れていたんですが、鬼塚、と書いた案内板がありましたから、すぐそこだろうと思ったんです」

紬には馴染《なじ》みの地名もあり、だいたいの地理を思い浮かべることができた。

「ところが、ずいぶん歩いても藪《やぶ》が続くばかりです。おかしいなと思いはじめたころ、藪の奥の木に、布が結んであるのを見つけました。夏なら下草に隠れて見えないでしょうけれど、この時期はまだ、草が生えていませんから、獣道からも見えたんですね」

なんだか昔話でも聞いているかのようだ。

「しかし僕はそれどころではなかったから、なんの目印だろうと思いながらもさらに先を急ぎました。ところが、また前方に布を巻いた木が見える。さっきと同じ場所へ戻っている。完全に道を見失ったことに気づいて、冷や汗が出ました」

紬もひやりとする。どうなるんだろうと、無事帰ってきた語り手が目の前にいるのに心配になる。

「間もなく日が暮れてしまい、車で来た僕は軽装でしたから、このままでは凍死の危険もある。どうしようもなくて祈りましたね。その、襟巻きをした木に」

「襟巻きですか」

「寒かったので、そんなふうに見えたのかな」

「それで、祈りは届いたんですか?」

「ええ、そのとき藪の向こうに小さなライトか何かの明かりが見えて、僕はもう、死にものぐるいでそちらへ向かいました。そしたら、文子さんに会ったんです。声をかけられて、驚きましたね。あたりに民家はもちろん、人の生活につながるものは見あたらなかったのに、年輩の女性がひとりで歩いているわけですから」

母は、柳川に言ったという。

『ちょっと前からこのへんうろうろしてたやろ、何しとんの』

「僕が事情を話すと、道案内をするのはいいが、自分は山姥だから、山から出るには人の助けがいると言うんです」

それから母は、柳川が東京から来たと知ると、東京まで連れていってほしいと頼んだらしい。

「文子さんについていくと、僕の止めた車が見つかりました。文子さんを乗せて、少し下るとすぐ一号線へ出て、どうやら鈴鹿峠のあたりで迷っていたのだとわかりました。僕は入道ヶ岳の近くにいるつもりだったのに。狐《きつね》につままれたよう、というんですかね。だから文子さんのことも、神がかった何かに思えたんですよ」

木に巻いてあったあの布は、山姥と関係があるんじゃないか。拝んだから、無事戻れたのかもしれない。なまじ民話を知っているからか、彼はそんなふうに感じていたという。

「冷静になれば、鬼塚がほかにあっても不思議ではないし、そもそも田村麻呂と鈴鹿御《すずかご》前《ぜん》と呼ばれた妖鬼とも山賊とも伝えられる女の伝説は、鈴鹿峠を舞台にしていました。どうやら別の鬼塚へ向かってずっと南下していたのに気づいていなかったんでしょうね」

やがて市街地へ出て、見慣れたコンビニやファミレスの看板を眺めつつ名古屋駅に到着するころには、娘が東京で働いているとか、長女は結婚して孫もいるなどという話も聞き、ただ都会に不慣れなおばあさんを案内しているという気持ちだったそうだ。

「ただ、あらためて今思うと、木に結んであったのは、パッチワークにした長い布のようだったんですよね」

「……母が結んだんでしょうか」

「さあ、わかりませんが」

母は娘たちに、パッチワークを持ってきた。山姥の災いを遠ざけられるように、昔からそう言ってパッチワークを持たせたものだった。たぶん、都心に山はなくても、あらゆる災いから娘たちを守れるようにとの思いだ。

それにしても母は、どうしてそんな場所にいたのだろう。鈴鹿峠といえば、自宅からは何十キロと離れている。関宿が近く、母の出身地がそのあたりだというが、もうとっくに身内はいなくなったと聞いている。

わからないことばかりだが、柳川の話には引き込まれた。彼は、母のことで混乱している紬に、力になってくれようとしている。だからパッチワークのミュージアムへ連れてきてくれたし、母と会ったときのことを詳しく話してくれている。紬も知らない母を、理解する手がかりになるのではないかと考えてだ。

「あなたが戸惑っているのを目にすると、あなたの最初の直感は正しかったんじゃないかと、ふと思えて、何が現実か戸惑います」

彼自身も、奇妙なできごとに遭遇したことで、民話と現実の狭間《はざま》で戸惑っているのだろうか。

「もしかしたら、現実なんてパッチワークのはぎれのようなものなのかもしれません。あちこちほころびていて、一見無意味につなぎ合わされている。文子さんの現実も、僕のもあなたのも、色や風合い、素材も何もかも違うけれど、ひと続きになって……。あ、すみません、変なことを言いました」

我に返ったように、柳川は頭を振った。

「いいえ、わかります。もしそうだったら、ありのままに受け止めればいいのかもしれませんね。つぎはぎに思えても、俯瞰《ふかん》すれば不思議と美しい模様になっているのかも」

よごれたり破れたりしたものがつなげられて、新しい模様になっていく。紬自身の現実も。そうだったら、悪くない。破れたまま、クズ布になるよりはずっと。

「紬さんは……、素直なかたですね。いや、柔軟なのかな」

そんなことはない。偏見に凝り固まっている。自分自身のほころび、他人のほころびしか見てこなかった。

かっこいいファッション、流行の着こなし、それらを身につけたくて努力してきたけれど、思いどおりにいかなくて苛立った。都会に馴染んだふりをして、無理をしていることを誰にも見抜かれたくはなかった。けれど、すり切れてできたほころびは、そのままにすれば広がって破れてしまうだけ。どうせ隠せないのだから、つぎあてしてつないで、もっと丈夫に、もっとやさしい風合いになれるなら、それはきっと悪くないことなのだ。

「あ、おいしいですね！　このおそば」

運ばれてきたそばを、ひとくち食べて紬は素直に言葉を発した。

素直だと言われただけで、素直になれるなんて単純だ。でも今は、単純でよかったと思う。

「よかった。ここのは長野で好きだったそばの味に近いんで、気に入ってるんです」

誰かの気に入ったものを好きになる。それも小さなパッチワークだろうか。

そのとき紬はぼんやりと、マナミのことを思い浮かべていた。

＊

社内でマナミに声をかけられたのは久しぶりだ。とはいえ紬のほうも、マナミに話しかけようと思いながら、始業前に彼女のいるフロアを訪れたところだった。

「昨日、西荻窪にいたでしょう？」

彼女はそう言った。

「どうして知ってるの？」

「藤井さんが言ってた。見かけたって」

紬はちょっと気まずい気持ちになった。そういえば、藤井は西荻窪から通っていると聞いたことがあったような気がする。

「いっしょにいた人って、カレシ？」

柳川のことだと気づき、あわてて首を横に振る。

「まさか、そんなわけないよ」

「よね。タイプじゃないか。ファッションに興味がなさそうな人なんでしょ？」

柳川の第一印象は、紬もそのようなものだったけれど、今は違うと言いたかった。彼はきっと、ここにいる誰よりも着るものに興味を持っている。生活に必要だというだけでなく、人が一見無意味なこだわりを追求して、衣を豊かにしてきたことを知っている。

「すごく、尊敬できる人なの。でもね、わたしなんかじゃ振り向いてもらえないだろうな」

そんなふうに言っている自分に驚く。振り向いてもらえたら、うれしいのだろうかと、はじめて自問する。うれしいかどうかより、あり得ないと思うのは、柳川から見れば自分は、女としても人としても未熟すぎるからだろう。

「何、片想《かたおも》いなの？」

「まだ、知り合ったばかりだし」

何を正直に言っているんだろうと思いながらも、柳川のことを、たとえ気まずい同期相手でも、ごまかして伝えるのはいやだった。

「なんだ、藤井さんねらいじゃなかったんだ」

マナミはほっとしたように見えた。

「うん、安心して」

「えっ、わたし？　違うよ。……藤井さんはかっこいいけど、長いつきあいの彼女がいるんだって。なのに、自分に好意的な女の子がいると、思わせぶりなことするらしいよ。藤井さんが前にいた部署ではみんな知ってるって」

彼女の口から藤井に否定的な話が出るなんて、意外だったから紬は戸惑う。それをマナミは、紬が信じていないと思ったのだろう。自嘲気味《じちょうぎみ》につぶやく。

「本当かなって思ったでしょ。べつに信じなくてもいいよ」

そんなマナミに、他意は感じなかった。西荻窪で見かけたという藤井から聞いた話をあえて持ち出したのも、忠告したかったからだと素直に感じた。

たぶんもう藤井は、紬を誘おうとはしないだろう。それでは困るとも思わなかったから、藤井がどういう人でも、先輩としてつきあえばいい。とっくに、マナミと張り合う気持ちもなくなっている。

「ううん、わたしなら、大丈夫」

そう言うと、マナミはほんの少し微笑んだ。

「仕事では頼りになる人なんだけどね。惜しげもなくアイディア出してくれるし」

「ねえ、もしかして、来シーズンの企画も相談した？」

何だろうと、彼女は首を傾《かし》げた。

「したけど？　会社に居残って考えてたとき、がんばってるねって話しかけてくれたから」

「色のパターンだけど、ワインカラー、営業の田崎《たざき》さんが提出してたアイディアよ。藤井さんと彼、同期だし、どこかで耳にしてた、ってこともあるかも……」

マナミは、はっとしたように顔色を変えた。

「……そうなんだ。教えてくれてありがとう」

彼女にとってはショックだっただろう。言ってよかったのかどうか、紬の胸もちくちくしたが、自分だったらと考えたうえだった。

紬がその場を去ろうとすると、マナミは口の中で小さくつぶやいた。

「ねえ、わざとじゃなかったんだ。持ち物かぶったりしたけど」

足を止める。

「でもたぶん、あなたのこと、ついライバル視してた。地方の専門学校卒って、本社でわたしたちだけ。大卒か、東京の有名なデザインスクールで磨かれた人ばかりだから」

「同じ田舎者だってこと？」

「ごめん」

紬も同じだ。マナミには、ほかの誰より負けたくなかったのではないか。だから、ちょっとしたことが気になった。本当のところ、どちらが先に買ったのかわからないし、偶然おそろいだったって不思議じゃなかった。

「ううん、わかる。わたしもそれがコンプレックスで、克服したいとがんばってたから」

紬もマナミも、自分の個性を信じられなくて、流行に乗っかろうとしていたから、選ぶものが似ていたのだ。

「がんばってね、来シーズンの企画」

紬は自分のアイディアを奪われたように感じていたけれど、今は、本当にそうかどうかわからない。自分だって、どこかから誰かからヒントをもらって思いついたものかもしれない。そもそもアイディアなんてそんなふうに、たくさんの誰かのイメージから浮かび上がってくるものに違いないのだけれど、かといって、自分の中でとことん練り上げたとも言い切れない。今思えば、あれには紬自身の縫い目がない。形の定まらないアイディアの断片を、実用的な布にするために、一針一針縫《ぬ》い上げた痕跡がない。

そう気づくと、くやしいという思いさえ跡形なく消え失《う》せていた。

＊

仕事を終え、いつものように麻弥が社員寮へ戻ると、ドアの前に母が座り込んでいた。

足音に振り向いた母は、おかえり、と目を細める。そのときふと麻弥は、母が母に似た知らない人に見えて、足元がゆらぐように感じた。いや、廊下の蛍光灯が微妙に震えているせいで、風景が妙なふうに見えたのだろうか。

「何しに来たのよ」

もういちどよく見れば、母だった。母に見えた。けれどつい先日、縁を切ったと言った手前、冷たい口調になってしまう。

「紬に追い出されたわけじゃないでしょうね。うちは社員寮だから、長期間の同居は無理なんだよ」

「ちょっと寄っただけやんか。どんなとこに住んどるんかと思てさあ」

二階建てのアパートだ。会社は、寮か家賃補助か選べるので、数年も経《た》つとみんな少し広い部屋を借りようと出ていくが、麻弥はずっとここにいる。通勤にも便利だし、東京にいるからといって遊ぶのに便利な場所に住みたいとも思わない。

児童公園の向こうには川が見えて、見晴らしがいいのは気に入っている。

「えらい片付いてるやんか。昔からあんたはものに執着しやへん子やったなあ」

パッチワークの道具やはぎれはチェストの中だ。ベッドを覆うマルチカバーだけはパッチワークだが、大きすぎて誰も手作りだとは思わないだろうと考えていた。むろん母は気づいただろうけれど、何も言わず、ベッドの端に腰掛けた。

「麻弥、こんなことゆうたら怒るかもしれんけど、お母さん、あんたがいちばん気がかりやった。絹代や紬とちごうて、要領悪いやろ？」

「は、わたしが？」

「貧乏くじ引く役割や」

そうかもしれない。昔から、運がよかったような記憶はひとつもない。クラス委員だって何度も押しつけられてきた。男勝りでしっかりしているように見えるのも、麻弥自身にとっては欠点だった。しっかりして見えるほど、一生懸命にやっても報われない。クラスの面倒な仕事をこなしても、みんな当然だとしか思わないからだ。

「要領悪いのは、あたしに似たせいやな。あたしは、山姥に目をつけられとった」

また山姥か。うんざりしながら麻弥は、ビーズクッションに腰をおろした。

「ずっと前、中学生のころからや。山で山姥に会って、次の山姥になるかって、そう言われてな」

「山姥なんているわけないじゃん。からかわれたか、夢でも見たんだよ」

「夢……かもしれやんなあ。でもそのとおりになったで、山姥が見せた夢やったんやろ。そのとき山姥がゆうとった。あたしは男の子を産めやんのやって。男の子は、山姥が食べてしまうんやって」

母のとつとつとした語り方が、麻弥をぎくりとさせた。

「男の子、食べられたんや。お母さん、産んであげられやんかった」

流産したのだ。唐突に、麻弥の脳裏にひらめいた。小さな地蔵が仏壇に置いてあったこと、母が近所の鯉《こい》のぼりを、ぼんやりと眺めていたことを。呼んでも気づかず、麻弥はそのとき母から魂が抜けてしまったかのように感じていたのだ。鯉のぼりと、風に泳ぐその姿が向かっていく山々に、魂を吸い取られてしまった。麻弥のその印象は、ある意味正しかったのだろう。

「男の子がおなかにおらんようになって、そのあとすぐ、あんたを身ごもった。ますます怖くてなあ。お父さん、よそ行ってしもて、誰にも相談できやんし、おばあちゃんは、流れた子が戻ってきたんやって言うし」

祖母の麻弥への過剰な失望は、死んだ男児がいたからだったのだ。どうしてその子が死んで、麻弥が無事生まれてきたのか、理不尽な憤りを感じていたからだろう。

おかしかった。麻弥は笑った。

「笑わんで、麻弥」

「ばかばかしいよ。わたしはその、兄貴のせいでおばあちゃんに嫌われてたんだ」

「その子のせいとちゃう。お母さんのせいや」

「お母さんが山姥に気に入られて、赤ちゃんが死んだから？」

「そうや」

やっぱりおかしかった。

母には、男の子だったら産めないことがわかっていたという。きっとまた流れる。だから麻弥を身ごもったとき、家を出ようと考えたらしい。

山を遠く離れたら、山姥は追ってこられないかもしれない。ひとりで産めば。そう考えたけれど、母にはもう身寄りがなく、仕事もなく、不可能なことだった。

「あたしには、何の力もなかった。自分を呪うしかなかったんやよ。そやけどもう、子供を失いたくなかった。女の子でありますようにって祈っとった。祈り続けたんや」

それは切実な祈りだったのだ。

「その願い、山姥が聞いてくれたんやろなあ」

麻弥はもう、笑えなくなっていた。いつのまにか母は、麻弥の正面へ来て身を屈《かが》めていた。

母の唇は、こんなに赤かっただろうか。血を舐《な》めたみたいだ。麻弥は見入る。細い目は赤くうるんでいる。

「そやけど、祈りが届いたことで、あんたを苦しめたんやな。あんな家に、こんな親のもとに生まれてしもて」

「べつに、苦しんでなんか……」

胸の奥をしぼられるかのようで、言葉が途切れた。

「かわいそうに、麻弥、そやからお母さん、あんたを食べにきたんや」

麻弥の手を取る。ああそう、食べるのか。麻弥は不思議と納得していた。母の手は小さくてやわやわしている。麻弥は、母に似て指が短く、不格好な自分の手は好きでなかった。

けれど今、麻弥の頬を撫《な》でる母の指は、ふっくらとしているが短くはない。山姥になったからだろうか。

「食べて、腹の中におさめたろ。そんで、もういっかい、生まれてくるか？　男でも女でもあんたの好きなように。あたしはもう、ただの女とちゃう、山姥や。あんたを守ってやれる」

理不尽な祖母からも、無抵抗な母からも、無関心な父からも。

たるんだ腕にこもる力は、意外なほど強い。母はもう、麻弥の知る母ではない。だからか、奇妙にも昔の母が頭に浮かぶ。パッチワークを教えてくれた母は、けっして、麻弥が男だったらよかったなんて思っていなかった。

祖母を殴ったとき、麻弥に母は小さく言った。

『ごめんな、麻弥』

あのとき母は、何もかも自分のせいだと思っていたのだ。

男の子が死んだのも、麻弥が祖母に好かれないのも、父が自分勝手なのも、何もかも、自分が山姥に近づいたせいだと思っている。母と山姥に何があったのか、麻弥は想像もできない。ただふと思う。山姥は母にとって、自分の内に押し込めた憤りだったのかもしれない。山姥にゆだねることで、母は、あの家でじっとしていられたのだ。

麻弥のように、祖母に手を出したりせずにすんでいた。

丈夫そうだったから、しっかり働けそうだから嫁にもらったと、祖母がよく母のことをそんなふうに言っていた。器量は並以下、愛嬌《あいきよう》もなく辛気《しんき》くさくて縁談がなかった母だから、もらってやったら親戚にもよろこばれただなんて、まるで牛や馬でも買うみたいだと麻弥は嫌悪した。値踏みされた結婚を理解もできなかったし、そうしてできた家族も、両親も尊敬できなかった。

単身赴任中に女と借金を作ったというのに、何事もなかったかのように父が戻ってきたときはむかついたが、紬が生まれたときはさらに強い嫌悪感をいだいた。

男と女なんてそんなものか。愛情も理解も尊敬もなくたって、夫婦でいるのに支障はない。麻弥もそのくらいはわかるようになったけれど、あの家にも、両親にも、寛大にはなれなかった。好きだとも懐かしいとも思ったことはない。

むしろ他人のほうが、お互いを理解して好きになれる人がいるはずだ。かつてはそう信じたこともあったけれど、いつからか、自分は誰も好きにはなれないと気づいていた。

麻弥も、母と同じように山姥になりかけているのだろうか。

だとしたら、それを止められるのは山姥だけだ。

しがみついた母の、あまいようなかすかな体臭を嫌悪した。これは山姥の匂いだ。あの家で、少しずつ山姥になっていった母と、自分は同じだ。

『かわいそうに』だから母は、麻弥にそう言った。

母もかわいそうだった。父や祖母から虐げられていただけでなく、母を何より傷つけたのは、娘たちが自分を幸せだと思えないまま家を出ていったことだろう。

だから山姥になって、ただの母では娘に与えられなかったものを、今度こそ与えようと東京までやって来た。

紬にはパッチワークを。麻弥には……？

「麻弥、こんど生まれたら、好きなもんを好きてゆうんやで」

しなびた乳房と、弾力のある腹に包まれて、麻弥はこの体内へと戻っていく自分を想像した。

母に咀嚼《そしやく》される。血も骨も飲み込まれ、母の一部になる。
気がつけば泣いていた。声をあげて泣き、嗚咽《おえつ》をもらした。
怖い夢を見て泣き続け、悪夢はもう終わったのだと気づくまで母の腕にしがみついた、
そんな遠い日のことが脳裏をよぎった。

4　飯食わぬ女房

富永《とみなが》絹代が故郷を出たのは、まだ小峰絹代だったころ、都内の大学へ進学したときだった。もう二十二年前になる。小峰家には、子供を東京へ進学させる余裕などなかったが、絹代はあの家から離れるためにも一生懸命勉強し、公立の大学への推薦を勝ち取るとともに、奨学金も得た。

父も母も、祖母もよろこんだ。地元の高校では成績のいいほうだったし、絹ちゃんはえらいなあと近所の人に言われれば気持ちがよかったらしい。

けれど絹代の気持ちは、合格通知と同時に家から離れていた。これからは、故郷と縁を切って生きていく。なのに両親も祖母も、そんなことは知りもせずによろこんでいるのだと、冷淡にも考えていたくらいだ。

事実絹代は、その後実家へは数えるほどしか帰っていないし、それも母がいなくなったときをのぞけば、結婚する前の、祖母の葬儀が最後だったのではないだろうか。

こんなふうに昔のことを思い出しているのは、麻弥からメールが届いたせいだ。母が上京し、紬のところにいるという。一年半も行方がわからなくなっていた母だ。正直絹代にとっては、迷惑以外の何物でもなかった。

夫や義理の両親にどう説明するべきか。母の失踪がやむを得ないものだったなら同情もしてもらえるが、元気なうえ、能天気に娘に会いに来ただなんて言えない。とにかく、母がいきなり絹代の家へ来るようなことだけは避けなければならない。〝しばらく東京に滞在したいみたいだから、絹姉の家はどうか〟だなんてメールに書いてあったがとんでもない。

考え込んでいたので、幼稚園バスが来たのに気づかなかった。娘の玲奈《れいな》に手を引かれて絹代は我に返る。

「ママ、いってきます」

「ええ、いってらっしゃい」

マンションの前に止まったバスに、同じ制服を着た幼稚園児が乗り込んでいくと、見送りの母親たちが子供に向かって思い思いに手を振っている。バスが出ていくと、母親どうし挨拶しつつそれぞれの部屋に戻っていく。立ち話を続けている人もいるが、朝の主婦はたいてい忙しい。

絹代も足早にエントランスへ向かい、広々としたロビーを横切ってエレベーターに乗り込んだ。

母とは結婚式以来会っていない。たまに電話で話すくらいだったが、それも向こうからかかってこなければ話す機会も遠のいた。そうして一昨年の秋、母が自宅から姿を消し、行方がわからないという連絡を受け、実家へ帰ったのが十数年ぶりだ。妹の、麻弥と紬に会ったのもずいぶん久しぶりで、紬にいたってはすっかり大人になっていて驚いたくらいだ。

紬は、小さくてかわいかった。あの薄暗く沈んだ家に灯《とも》る小さな明かりのようだったが、いずれ、あの家を嫌うときが来るだろうと思っていた。事実そうなったのだろう、紬はすっかりおしゃれな都会の女になっていた。若くて、化粧映えもするし何を着ても似合う。うらやましいくらいだ。

絹代にもそんなころはあったし、あのころ望んでいたものはほとんど手に入れることができたのだから、うらやましいというより、微笑《ほほえ》ましい気持ちだったといったほうが近いだろうか。

一方で麻弥は相変わらずだった。ひねくれていてがさつで、昔からどうにも気が合わない。要領が悪く、祖母の小言をまともに受け取っては衝突していた。あんなもの、聞き流せばよかったのだ。素直にハイと言っておいて、背中に向けて舌を出したって気づかないのに。

彼女も上京したが、単に家出の延長で、夢や目的があったわけではなさそうだ。少年みたいな軽装と短髪、いまだに独身だし、絹代が何か言うたび反抗期のような目つきでこちらをにらむところも変わっていなかった。

もう、親もきょうだいも、絹代にとってはやっかいなほくろみたいなものだ。ふだんはあることを忘れているけれど、ふと気になると目について落ち着かない。できるなら見ないようにして、存在を忘れていたい。

「幼稚園バス、出たのか?」

夫の英夫《ひでお》が起き出してきたようだった。勤め先の大手商社は、フレックス制なので朝は遅めだ。

「うん。ねえ、週末に少し出かけてもいい? 妹が、相談に乗ってほしいことがあるって言うの」

「妹? へえ、めずらしいな。一番下の小柄な子?」

紬のことは、結婚式に来ていたから英夫もおぼえているようだ。もっともあのときは中学生だったから、小柄なイメージなのだろう。

「ううん、二番目の、麻弥」

「ふうん。行ってくればいいよ」

一方で麻弥のことは、思い浮かべることができなかったはずだ。結婚式に来ず、いちども会ったことがないということだけはおぼえているかもしれない。

テーブルにつき、英夫はすでに用意されている朝食を食べはじめる。パンはトーストしないのが好みだ。絹代はコーヒーを淹《い》れ、テーブルに置いた。

小峰家の父が死んだのは、絹代が大学生のころだった。祖母はその四年後だ。そして絹代は、二十九歳のときに結婚した。

ふたつ年上の夫は東京生まれ、何不自由ない家庭に育ち、少々マザコン気味だが、それだけにかいがいしく世話を焼くタイプの女に弱かった。同じ会社にいたものの、知り合ったのは友達の紹介でだ。数人のグループで何度か遊びに行くうち、気が合いそうだった英夫を見定めて接近した絹代は、うまく立ち回り、成果をあげたわけだ。

祖母にいつも、気がきかないとなじられていた母とは違う。絹代は自分を完璧な妻だと思っている。

娘をもうけ、三十五年ローンとはいえ高層マンションに住み、何不自由ない暮らしを手に入れた。子供のころには縁がなかった家族旅行をし、娘をかわいらしく着飾らせ、自分はできなかった習い事をさせる。自分もできるだけ身ぎれいにし、部屋を快適に保ち、夫や娘が自慢できる妻、母でいようと努めている。娘に関しては、若いときに産めなかったので、どうしてもママ友の中で年上になってしまうのが悩みの種だが、そつなくつきあいをこなしているつもりだし、若いママたちからは見習いたいとよく言われる。

自分は幸せだ。あの家を出なければ、一生縁がなかっただろうものに囲まれて、人生を満喫している。

コーヒーで一息ついたとき、英夫がふと口を開いた。

「きみ、太ったんじゃないか？」

「え？　そう？」

「二重あご、みっともないぞ」

何かいやなことがあったのだろうと絹代は解釈する。自分が自信を失っただけ、絹代の欠点を指摘するのは昔からだ。若い女性社員に、おじさん呼ばわりでもされたのだろうか。かつては筋肉質だった体も、少したるんできている。以前はコンタクトレンズだったのをメガネに変えたが、知的に見えると評判だと本人はうれしそうでも、老眼ではないかとささやかれているに違いないことは、絹代のＯＬ時代の経験からわかる。

自信のない男。自信がないことを知られるのをもっとも恐れている。だからこそ英夫は、絹代との結婚を決めたともいえるだろう。

結婚前には、もっと若い子とデートをしてみたりもしていたようだが、世代の格差に話題がついていけなくて、自信を喪失したらしく戻ってきた。

「ダイエットしなきゃ。またジムに通おうかな。そういえば、上の階の白石《しらいし》さんが、いいジムがあるって言ってた。紹介制で、入会金が……」

「玲奈がいるのに、そんな時間ないだろ。食事の量を減らせばいいんだよ。食べすぎなんだって」

そういえば彼は、小食の女が好きだ。母親がそうだったから、小食が女らしいと思うようになったらしい。絹代はとくに大食いではないし、ふつうだと思っているが、英夫の前ではあまりがっつかないようにはしている。物足りなければ間食をすればいいだけだ。しかし、間食をしすぎたのだろうか。

理想の幸せも体形も、努力なくしては維持できない。母は、そんなことを考えたこともないだろう。

そうして絹代はまた、麻弥からのメールを思い出してしまう。どういうわけか母が大食漢になってしまったとも書いてあった。山姥《やまんば》になったからだと、母自身は言っているらしい。家を出て行方をくらませていたのは、山姥になったからだそうだ。

山姥だなんて、いったいどういうつもりなのか。

母が上京したことといい、いい報《しら》せには思えず、麻弥に会うのは億劫《おっくう》だった。

コーヒーを飲み干し、絹代は立ち上がった。

「そうね、ジムなんて時間作れそうにないな。玲奈の手提げカバン作らなきゃ。パッチワークのがほしいってあの子言うけど、時間かかるのよね」

買えばいいのに、と思っているはずの英夫は眉をひそめた。そのとおりだが、手作りであることが重要なのだ。子供のために、時間と愛情を注いだものを持たせることを、母親たちが競い合っていることを夫は知らない。

玲奈は、友達のお母さんが作った見事なパッチワークのカバンを気に入り、あんなのがほしいと言い出したが、実のところ絹代の手に負えるものではなさそうだった。しかし玲奈は、お母さんに作ってもらうんだと、友達に言ったという。娘は、母親が器用だと信じ切っている。これまでも、編みぐるみやフェルトの帽子など、手作りのものを自慢しては友達にうらやましがられて心地よかったようだ。

手作りの品を買っているなんて、娘は知る由もない。

パッチワークの手提げを買おう。このごろはネットで手作り品を売っている人も多い。絹代はキッチンの片隅でノートパソコンを開いた。

＊

純喫茶と看板にある喫茶店、このあいだ網取翼と会ったその店へ、麻弥が入っていくと、彼は先に来て待っていた。

「連絡くれてありがとう」

笑うと翼は子供っぽくなる。日に焼けた顔と短髪が野球少年みたいで、麻弥は初恋だった同級生のことを思い出す。

先日翼が置いていった名刺には、メールアドレスが載っていた。麻弥がそのアドレスにメールをしたのは昨日のことだ。

「話があるって書いただけよ。展示会をやるとは言ってないんだけど」

「わかってるよ。でも俺に話があるってのは悪いことじゃない気がしたんだ」

「どうかな」

椅子に腰をおろし、ウェイトレスにはオレンジジュースを注文する。

「だってきみ、前より明るい顔してるじゃないか。ピアス、開けてたっけ？」

小さなゴールドなら目立たないかと思ったが、彼は外見に反して細かいところに目が行くタイプだったようだ。

「似合わないって言いたいの？」

二十代のころ、ピアスをしていたことがある。やめたのは、恋人にヘンだと言われたからだ。でももう、人がどう言おうと気にしない。

「いいと思うよ」

彼はそう言って、急に照れくさくなったようにコーヒーカップを持ち上げた。

麻弥はほっと胸を撫《な》で下ろす。もういちど生まれ直した自分が、最初に会うのがこの人でよかったと思う。ほとんど何も知らない人なのに、そう思うのだ。

「わたしね、パッチワークをやめようと思うんだ」

カップを落としそうになり、彼はあわててソーサーに戻した。

「え？　ちょっと待ってよ」

「これまでのパッチワークは、わたしのパッチワークじゃなかった。だからやめるの」

「きみの、じゃなかったって？」

「自分には手芸なんて似合わないと思いながら続けてきたものだから、どこか無理をしてたんだと思う。似合わない女がするパッチワークって、こういう感じだろうって、とんがったものを作ろうとしてたんだ」

あっけにとられた様子で、彼はしばし黙り込んだ。わかってもらおうと思って呼び出したわけじゃない。ただ、麻弥のパッチワークを認めてくれた人に、本音を伝えておきたかったのだ。

「はぎれが大量に余ったから、よかったらもらってくれない？　あなたならパッチワークをする知り合いも多いでしょう？　買ったまま使ってない生地も多くて」

「本気じゃないだろう？」

こちらを見すえ、真剣に問う。麻弥もまじめに答えようとした。

「もう、あなたがいいと思ってくれたような作品は作れない」

作らない、と麻弥は決めた。けっして悲観してではなく、前向きにそう考えている。もう、自分をねじ曲げる必要はないと思えたからだ。

「じゃあ、別の作品なら作れるだろ？　きみの、新しいパッチワークなら」

麻弥の隙をついてくる。生まれたばかりの麻弥の、まだ自分でも触れたことのないところを刺激するように。

「だって吹っ切れたような顔をしてるじゃないか。何か心境の変化があって、パッチワークをやめることにしたのなら、変化したきみ自身にぴったりなものを、また作りたくなるよ」

不思議と彼は、麻弥の心境を理解してくれていた。そのことに驚きながらも、これからの作品なんて考えていなかったので返事に戸惑う。いや、考えていなかったわけじゃない。これまでとはまったく違うパッチワークを作ってみたい気持ちは、たしかに胸の奥でくすぶっていた。

「そうかもね。まだわからないけど」

いいやわかってるだろう、とでも言いたげに、翼は身を乗り出す。

「できたら見せてよ」

「花柄でも見たい？」

「おう、花柄上等、定番をどう見せてくれるか期待してる」

このわたしが花柄パッチワーク？　以前ならそう思ったことだろうけれど、麻弥は母にもらった裁縫道具入れを思い浮かべていた。そういえばあれは、花柄プリントの布を集めてあったようだ。どれも着古したような生地だったが、きれいな部分を切り取って、花柄だけ集めてあった。

麻弥のために作ったものかどうかわからないけれど、麻弥に渡そうと持ってきたのは間違いないだろう。花柄を選んだ母は、本当の麻弥の、野暮ったくも少女趣味なところを見抜いていたのかもしれない。

麻弥は自然と微笑んでいる。ずっと仏頂面だったなと思いながら。

＊

「これ、お母さん？　なんか違う人みたいじゃない？」

写真を覗《のぞ》き込んで、絹代は違和感を口にした。久しぶりに麻弥と紬に会い、見せられたのは携帯で撮った写真で、母と紬が写っていたが、母は口元を手で覆っているとはいえ、なんとなく別人のように見えたのだった。

「絹ちゃんもそう思う？　わたしもなんだか違和感があって」

紬もそう言う。

「紬、長く会ってなかったせいだって納得したんじゃなかったの？」

写真なんて写り方で別人に見えるものだと麻弥は言った。

東京で、三姉妹がそろって会ったのははじめてではないだろうか。カフェに集まった三人は、年齢も雰囲気もバラバラで、どういう関係かを推測できる人はおそらくいないだろう。ジーンズにピアスの麻弥はタバコをふかしているし、ファッション雑誌から抜け出してきたみたいな紬は、頭から爪先まで流行を押さえている。そうして絹代はいかにもコンサバ主婦だ。もともとあまり似ていないし、気が合うはずもないくらいに興味の方向が違っている。そんなだから、誰にとっても気が進まない会合だっただろう。

「お母さん、今は紬のところにいるんでしょ？　すぐそばで見てるのに、違和感があるの？」

「……ううん、このごろはそんなことない」

「ほら」

「ただ、わたしのお母さんの記憶が、今のお母さんに塗り替えられちゃったかのようで」

「どっちもお母さんなんだから、塗り替えられたっていいじゃない。歳《とし》をとっておばあさんっぽくなったし、前より太ったし、いつまでも昔のままじゃないのは当然でしょ。それに、子供のころの話をしたって食い違いはないし、歩き方とか癖も変わってないし」

麻弥は言う。

「声は？」

絹代は、母の声を思い浮かべようとして、うまくいかないながらもそう訊《き》いた。

「うーん、久しぶりに聞いたから、歳をとったなと思っただけ。なんていうか、しゃべり方は同じだよ」

麻弥が答えると、紬もそれには頷《うなず》いた。

「うん、声はそんなに。最初の違和感は見た目の雰囲気だったの。でも話してると、お母さんだなって思うんだ」

結局みんな、母やあの家を好きになれず、離れようと努めながら何年も過ごしてきた。母を見捨てたと言われればそうかもしれず、どこか罪悪感もある。行方をくらませていた母を理解もできないし、それが母の意志だったなら、ますます自分たちの知る母とは違うような気がしてしまう。なのに母の記憶だけは昔のままだから、混乱するのだろう。

「だいたい、万が一だけど誰かがお母さんになりすましていいことがあるの？　家と土地が少しあったって、あんな田舎じゃむしろ、相続放棄したがる人が増えてるって聞くくらいだよ」

麻弥の意見に、絹代も紬も納得することにした。しかし母が母に間違いなくても、問題は少しも減らない。

「で、行方不明になってた理由は言わないの？」

絹代は問う。

「言ったでしょう？　山姥よ」

紬は、まるでそれを信じているみたいだ。麻弥も笑わなかった。

「そんな戯言《ざれごと》はともかく、急に東京へ来たのは、渡したいものがあるから？　それだけ？」

「わたしも麻弥ちゃんも、パッチワークをもらったの。お守りのつもりみたい」

「あとはわたしが受け取ったら、帰ってくれるわけ？」

「山へ帰るって言ってたな。山姥になるって、また行方をくらますつもりなのかもね」

絹代はため息をついた。捜索願はどうすればいいのだろう、なんてことを気にしてしまう自分は薄情なのだろうか。

「またどこかへ姿を消したら、生きているのかどうかもわからなくなるのよ。わたしたちでちゃんと説得しなきゃ」

「無理なんじゃないかな」

紬が遠くを見る目をしてつぶやいた。

「お母さんが言い張るなら、山姥になったってことでいいのかなって、だんだんわたしそんな気がしてるんだ」

「紬、山姥なんて存在しないの」

玲奈に言うような口調になってしまうのは、小さいころの紬にそんなふうに言っていたからだ。

「わかってるよ。でもお母さんは、本気で山姥になったつもりなのよ。……この世の理屈で生きてないっていうか、お母さんにとっては、自分が生きてても死んでてもどっちでもいいし、たぶんわたしたちが、お母さんのことを忘れて、生きてても そうでなくても気にしなくなっていい、そう思ってるような気がするの」

「そうかな。わざわざ東京へ来たのよ。お母さんを顧みなくなってたわたしたちに、何か言いたいからじゃないの？　行方がわからなくなったっていうのに、東京でふだんどおりに暮らしてるわたしたちにね」

「ふだんどおりってわけじゃないよ。ショックだったっていうか、最初はそれほどでもなかったのに、ふだんどおりに過ごしてるほど、なんかじわじわと、重くなってきて」

紬の言うとおりだが、絹代はたぶん誰よりも、あきらめるのが早かったのだと思う。

父や祖母の訃報を、どちらも東京で聞いた絹代は、いつかは母のこともそんなふうに聞くのだと思っていた。だから、行方不明という形でも、おそらく生きてはいないだろうという周囲の空気に心を切り替えた。想像していたよりも早かったことに動揺しながらも、過去へと押しやろうとした。

でないと、後悔にさいなまれそうだった。たったひとりの母に、感謝できなかったことに。

「お母さんが会いに来たのは、わたしたちが本当にちゃんと独り立ちしてて、もうお母さんは必要ないんだってことを見届けるためかな……。山姥になって、お母さんのほうからわたしたちを置いて去るんだってこと告げに来たっていうか、そんな気がする」

紬はまた言う。娘たちに見捨てられた母ではないと伝え、娘の側の罪悪感を薄めようとしているのだろうか。

それが母の思いやりなら、認めたくなくて絹代は反発したくなる。

「だいたい、山姥って何よ。妖怪のこと?」

「絹姉だって、子供のころ山姥の話は耳にタコができるくらい聞かされたでしょ?」

麻弥に言われるまでもない。

「麻弥は小さくておぼえてないでしょうけど、昔、近所の養豚場から子ブタが盗まれて、血のあとがあたりにあったってとき、山姥が食べたんだってお母さんが言ってたけど、どう考えても熊か野犬でしょって思ったわ」

「野犬なんて今どきいるの?」

紬が首を傾《かし》げる。三女との歳の差を、麻弥がつっこんだ。

「三十年前ならいたかもね」

感心したように頷いていた紬は、急に思い出したように手を打った。そうして、不安げに声をひそめる。

「そうだ、うちの近くで犬や猫が襲われる事件が起こってるの。お母さんが来てからなんだけど……」

「まさか、山姥のお母さんに食べられたっていうの？」

「なんだか気になっちゃって……」

「考えすぎよ。山姥だって自称するのはともかく、お母さんが犬や猫を食べるわけないじゃない」

絹代は笑い飛ばしたが、麻弥は「あり得るかもね」とつぶやいた。

「自己暗示で食べ物の好みは変わるっていうよ」

「そういえばお母さん、すごく食べるのよね。昔はそんなことなかったのに」

紬はどうしても引っかかっているのかそう言うが、絹代には、とりたてて不思議なことには思えなかった。

「お父さんやおばあちゃんの手前、遠慮してたのよ。こっそりあとで食べてたんじゃない？」

残ったごはんでおにぎりを作り、パッチワークをしている物置みたいな小部屋で、夜中に食べていたことがある。トイレに起き出して、そんな母を見た絹代は、怖くなって布団にもぐり込み、おねしょをしてしまったからおぼえている。

あのときは母のことを、昔話の『飯食わぬ女房』だと思い、誰にも見たことを話せなかった。食事をしないという嫁を娶《めと》った男がいたが、ある日彼は、嫁がこっそり髪をほどき、頭のまん中にある大きな口から大量の食べ物を飲み込んでいるのを見てしまう、という話だ。

少し成長した絹代は、母が残ったごはんをおにぎりにするのをまた何度か見かけるうち、単なる夜食だと納得できるようになったが、家族への遠慮があったのではと気づいたのはもっと大きくなってからだ。

そうして今、ふと気づく。『飯食わぬ女房』は山姥だった。

だから母は、自分を山姥にたとえるのだろうか。

山姥だから、食わずに働くという理不尽を受け入れていた『飯食わぬ女房』だけれど、彼女は隠れて米を食いつくしたし、夫をも食おうとしていた。

しかし、母が『飯食わぬ女房』になった見返りは何なのか。あの家で理不尽なことに耐えた母が、見返りに得たものなんてあるだろうか。

絹代は、母の生き方が大嫌いだった。不器用で、自己主張できず、祖母や父の下僕のようだった。文句も言わず働いても、誰も母を尊敬していなかった。娘たちでさえ、成長するほどに母を軽んじるようになった。そんなふうにだけはなりたくないと、絹代は努力してきたつもりだ。勉強もしたし、自分を磨いた。育ちがよくまじめで、収入のあるきちんとした男を選んだし、母とは反対の人生を歩んでいるはずだ。

けれど、おかしい。絹代はときどき、『飯食わぬ女房』だ。夫の前では食事を控えめにしている。母のようになるまいと、理想的な結婚をしたはずなのに、母に似たことをしているなんて。

ガラス張りのカフェから外を眺めれば、高層ビルがせまるように並んでいる。信号が変わるたびに、人の群れが横断歩道を埋めつくす。まだ春の兆しは薄く、寒い曇り空に覆われているというのに、テラス席にいる男女はパリかと思うほど絵になっていて、けっして寒がってはいない。

絹代は、かつて山あいの農村で夢見ていた場所にいる。ここで、望みをひとつずつかなえてきた。余裕のある生活、服もバッグもよほど贅沢《ぜいたく》をしなければ好きなものを買えるし、娘にもいい教育をしてやれる環境だ。見晴らしのいいマンションは、友達を招けばうらやましがられるし、自分好みの家具もそろえた。

母とはぜんぜん違うはずだ。なのに、心の奥底で誰かが言う。本当に望みどおり？不満が渦を巻いているのを、意識しないようにしているんじゃない？

本当は、母親に近づいていってるんじゃない？

「絹ちゃん、お母さんを連れてそっちへ行ってもいい？」

紬の問いかけに、はっとした絹代は、自分をこちら側へ引き戻した。

「困るわよ。夫になんて説明するの？　行方不明になったことで、向こうの家にも心配かけたし、ちゃんと戻ってきたなら理由も説明しなきゃならないのに、山姥になったなんて言えるわけないし、このまま、母ですなんて連れていけないわ」

「じゃあ、とりあえずお母さんに早く会ってよ」

紬がそう言うと。

「こっちで桜が見たいって言ってるらしいんだ。だとしたら、絹姉にも協力してもらわないと」

麻弥まで絹代に母を背負わせようとする。

「桜？　まだ先よ。ねえ、お母さん、こっちへずっと住むつもりなんてことはない？」

そもそも突然上京した理由が、山姥や桜だなんて考えにくい。紬は考えもしていなかったようで唖然《あぜん》としているが、腕組みをした麻弥は考えていたのだろう。

「そうなったら、誰が面倒見るのよ。紬、そこはちゃんと言っておかないと、桜までじゃすまないわよ」

「……絹ちゃん、冷たいね」

末っ子の紬は、祖母にも父にもかわいがられた。母にとっても、上の娘たちが反抗期でつらい時期に、笑顔で癒してくれたかわいい娘だっただろう。父がすでに病気がちで、収入がほとんどなかった小峰家で、紬は絹代にはない苦労をしただろうけれど、家族を厭《いと》う気持ちは自分や麻弥ほどではないのだ。

家をあけていた父に、父の愛人からの電話に、その後は借金取りからの電話に苦しめられた母は、泣いてばかりいて、同じように小さな麻弥が泣き続けるとそれをあやすのは絹代の役目だった。絹代だってまだ小さかったのに、祖母はあまやかそうとせず、何でもひとりでやれと命じた。母は、自分の不幸で精一杯だった。

絹代が物心ついたころから、思春期を迎えるまでの十年あまり、あの家はずっと金切り声を上げていた。

「わたしには家族があるのよ。麻弥だって、泊めてあげようとしてないじゃない」

「だって社員寮だからさあ」

タバコをふかしながら、我関せずといった麻弥の態度に絹代は苛立《いらだ》つ。粗暴で反抗的な麻弥のせいで、祖母はヒステリックになり、家の中の空気はますます悪くなったのだ。

「親なんだから、頼めば社長さんだってだめとは言わないでしょ」

「……訊いてみるけど、長期は無理よ」


久しぶりに妹たちと会ったことは、絹代をとことん疲れさせたが、自宅へ帰るとさらに疲れることが待っていた。

英夫がソファでむっつりしている。不機嫌な顔は、玲奈が手を焼かせたのだろうと想像できたが、子供なのだからしかたがないのにとため息を飲み込む。

「玲奈は？」

「寝たよ。泣き疲れて」

何か気に入らないことがあって泣き出すと、簡単には泣きやまないのだ。四月から年長さんだというのに、赤ちゃんみたいにあまえん坊なのは、一人っ子だからだろうか。子供はふたりはほしいと思っていたこともあったが、もう難しいだろう。

「今日、お友達の家へ行ってたんでしょう？　何かあったの？」

食事の支度をしようと、絹代はエプロンを手に取る。

「あれのせいだよ」

英夫は、ラグの上に投げ出された手提げカバンを指差した。クマがパッチワークで描かれている、かわいらしいカバンだ。先日、出来上がったと玲奈にあげたばかりで、とてもよろこんでいたではないか。

「これが？　どうして？」

よごしたり破ったりしたわけでもなさそうで、きれいなままだ。

「手作りじゃないんだろう？　友達にそう言われたってさ。ブランドのタグがついてる」

あわててカバンを確かめれば裏地の隅っこにタグがついていた。手作り品でも、作家が商品をブランド化して展開していることも多いと聞く。ちゃんと確認しておくべきだった。

「ママが作ったんだって、玲奈は自慢しようと持っていったんだよ。なのに買ったものだって指摘されて、ショックだったんだ」

絹代もショックだった。何と言って玲奈を慰めればいいのだろう。

「買うなら、最初から買ったって言って玲奈に渡せばよかったんだ。見栄《みえ》張ろうとするからだよ、恥ずかしい」

「そ……そこまで言うことないじゃない！　わたしは玲奈がよろこぶと思ったから……。玲奈が、お友達のママが作ったみたいなカバンを作ってほしいって言うから……」

「だからって、本当はパッチワークなんてやったこともないんだろ？　できもしないのに、ママ友と張り合うなよ」

落ち込む絹代に、英夫は追い打ちをかけるように言う。今日の彼はいつにもまして機嫌が悪い。

「とにかく、それは捨てるんだな」

玲奈の目に触れないほうがいい。けれど絹代はため息をついた。

「捨てるなんて……、二万円もしたのよ」

「は？　それが二万？　はぎれの寄せ集めだろ！」

「手作り品は高いのよ」

「どうせ主婦の内職だろ。バカバカしい、無駄遣いするなよ」

英夫は舌打ちする。これまで金額に文句を言ったことはなかったのに、どうしたのだろうとふと思うが、今さら細かいことを言い出す彼に苛立つ気持ちのほうが大きかった。

「わたしの貯金で買ったのよ。働いてたころに貯《た》めたお金なんだから、べつにいいでしょ」

「そりゃあきみの勝手だけど、これから玲奈にはますますお金がかかるんだ。そのときのために取っておくべきじゃないのか？」

「子供ひとりだもの、余裕はあるわ。たくさん子供がほしかったから、わたしは貯金してたんだから」

彼への嫌みが含まれていることに気づいただろうか。なかなか子供ができなかったことも、玲奈ひとりだけなのも、協力的でなかった英夫の態度を、絹代はことあるごとに思い出して、暗に責めたくなってしまう。

「手作りで愛情を込めるとか言いながら、結局買ってるんだ。何人もいたら、ますます愛情なんて注げないだろ」

捨てぜりふのように吐き捨て、彼はリビングを出ていった。

絹代は四十歳だ。けっしてふたりめが産めない年齢ではないが、玲奈を授かるのにも苦労をしたことを考えると、同じ苦労をもういちどしたいとは思えない。

子供はたくさんほしかった。だったら、彼の子供でなくてもよかったのではないか。もしももっと、子供をほしがってくれる人と結婚していたら……。玲奈への愛情が足りないとしたら、そこから間違っていたような気がしてしまう。

絹代も『飯食わぬ女房』だ。いったい何がこんなに不満なのだろう。かしこい女になれば、よくできた夫を得られると思っていた。それに、理想どおりの子供も家庭も。母みたいに、何も選べない立場じゃなければ、よりよい人生を選べるはず。

なのに、よりよい人生だと思った場所で、『飯食わぬ女房』になってはいないだろうか。

自分は、簡単には満足できない貪欲な口を持っている。満たされないなら、何もかも飲み込んでしまいたくなる大きな口だ。

隠していたって、それが自分の本性だ。よい妻にも、よい母にもなれない、山姥の娘。山姥はたしかに絹代の中にいる。心の中に居座って、空腹をこらえながらそっと大きな口を閉じているだけなのだ。

＊

アイボリーのコートの〝シンヤ〟を、季名子が紬に紹介してくれたのは、紬がまたアイボリーのトレンチを着て古書泉風堂を訪れたときだった。スマホの画面に映し出されたシンヤは、どうやらゲームのキャラクターだ。長髪のイケメンで、トレードマークがアイボリーのコートだそうだ。

「わたしよくコスプレのイベントに行くんですけど、シンヤはいないんですよね。マイナーなキャラだから」

ものすごく残念そうに季名子はため息をつく。彼女のそういう趣味が、意外なのかそうでないのかよくわからないまま、紬は問う。

「季名子さんはどんなコスプレを？」

「いろいろですよ。こんなのとか、こんなの」

見せてくれたキャラクターは、まじめそうな制服の女の子や事務員ふうの女性だ。

「……地味なんですね。ゲームって、もっとはじけたキャラクターばかりかと」

「わたし、地味が好きなんです」

腑《ふ》に落ちた。彼女はファッションに興味がないのではなく、型落ちも古くさい着こなしも、いかに地味に見せるかを研究した末のファッションなのだ。

「ねえ紬さん、コートの中もシンヤにしませんか？」

「わたしは……。コートなら貸しますよ」

「いいえ、わたしが着たいんじゃなくて、見たいだけなんです。だから紬さんのコートを見て、やけにテンションあがっちゃって。変な女だと思ったでしょう？　あ、そうだ。これからイベントがあるんですけど、いっしょに行きませんか？」

「でも、ゲームは詳しくないし」

「大丈夫です。コスプレの人もいますけど、単なる異業種交流パーティですから。柳川さんも来ますよ」

「えっ、本当ですか？」

驚いただけだが、よろこんだように聞こえなかっただろうか。カーテンの向こうで本を読みふけっていた柳川だが、こちらの話に反応したらしく、声が聞こえた。

「季名子さん、決めないでくださいよ」

「あれ？　今日は作家の法条《ほうじょう》氏が来るそうですよ」

「行きます」

柳川は、素早くカーテンから顔を出して宣言した。その作家は、紬も耳にしたことがある有名人だ。

「ファンなんですか？」

「ええ、妖怪ものでは右に出る人がいないでしょう？　彼はゲームも好きらしいんですよ。もちろん妖怪ものですけど」

昔話と妖怪は縁がありそうだ。そんなふうに、興味の対象は一見ずれているようなのに、微妙に重なって、ひとつの集まりになるのはおもしろそうに思えた。

考えてみれば、コスプレも衣服だ。平面に描かれたデザインを、いかにそれっぽく立体に起こして着るかを競っている。

これまでまったく興味のなかったジャンルなのに、紬は気になりはじめていた。

バンドのライブやアイドルのミニコンサート、グッズ販売で盛り上がる中、コスプレイヤーが名刺交換している。貸し切りになったライブハウスの中、紬も何人かと話したが、ふつうの会社員が少なくなく、そのギャップがちょっとおかしくて、うち解けやすい交流会だった。

いろんな人がいるものだ。今年の流行だからと、ファッションメーカーが競い合ってデザインしても、流行色もパターンも好みではない人がいて当然だ。

なのにずっと、〝正解〟があると思い込んでいて、そこからはずれていればカッコワルイと決めつけていた。

わたしは、どんな服が好きなんだろう。もし誰も、どんなものが流行《はや》っているか教えてくれなかったら、何を着ればいい？　すぐに困るのではないか。身につけたものが流行遅れじゃないかと、不安でしかたがなくなるのでは？

結局、人のアイディアを取り入れて、満足していただけだった。企画だって、誰が思いついても不思議じゃないようなものだった。自分の奥深くから出てきて、たとえほかに似たようなアイディアがあったとしても、わたしのはここが違うと言えるような、誰にもまねができないようなものを積み上げていくことが、はたして自分にできるだろうか。

なんだか遠すぎて、不可能に思えてくる。

隅のカウンターに寄りかかって、ジンジャーエールを飲んでいると、柳川がこちらへ近づいてくるのがわかった。肘あてのあるツィードのジャケットは、本当に古いものかどうかわからないが、彼が着ていると古く見える。昭和初期のコスプレかとも思う。

でもたぶん、柳川らしくて似合っている。

「疲れました?」

心配してくれたようだった。

「いえ、楽しんでます。柳川さん、サインはもらえました?」

問うと、彼はいそいそと、本を紬の前に掲げた。

『髑髏《どくろ》奇譚《きたん》』というタイトルに、おどろおどろしいイラストのカバーが目立つ本だ。カバーを開いたところに、読めないほど崩されたサインが書いてあった。

「みんな、生き生きしてますよね」

「好きなことに夢中ですからね」

柳川も、季名子も、そんなふうに高揚している。

「わたし、何かに夢中になったことがあるのかなと思えてきました」

「ファッション関係は？」

「そっちは、夢中というより、必死な感じなんです。……評価されたいって気持ちが先にあって、自分が楽しいとか、突き詰めたいっていう夢中とは違うような」

「でも、好きなんですよね。好きなら、いずれきっと楽しくなってくるはずですよ」

「そうでしょうか」

「僕もね、好きではじめた民俗学の研究が、苦痛でしかたがないときがありました。今どき何の役に立つのか、ってところがあるでしょう？　本を書いてもまず読まれないし。そんなときにね、季名子さんがそう言ったんです。それで、少し研究から離れて、ちょっとした楽しいことを書いてみようと思って、各地で民話を収集するときのことをエッセイふうにして雑誌に載せてもらったら、結構評判がよくて」

やさしい目が、ふんわりと宙を見つめている。

「民話は、そもそもふつうの人のそばにあって、語られてきたものですから、研究者の視点よりも、ふらりと訪れた旅行者が触れて感じたことなら、まだまだたくさんの人がおもしろいと思って興味を持ってくれるんだとわかりました」

ああ、そっか。紬は思う。

「そっか、季名子さんっぽいですね。なんか前向きで、おもしろい人ですもんね」

柳川のまなざしが、ふと一点に定まると、そこには季名子がいる。彼はまぶしそうに目を細める。

「目の前のこと何でも、楽しんで取り組もうとするんですよね」

そっか。

柳川にとって季名子はとくべつなのだ。

軽くショックを受けていることに、紬は驚いていた。それでいて、当然だという思いだった。紬には、柳川にとって魅力的に見えるものがあるだろうか。

自分の気持ちを意識する前に失恋だなんて間抜けだ。それでも紬は、不思議と晴れやかな気分だった。

「そのエッセイ、本になってるんですか？」

「近々、まとめて出す予定です」

「じゃあ、わたし買います！　そしたらサインしてくれます？」

「え、僕のサインですか？」

「そりゃそうですよ」

「いやあ、なんかうれしいな」

照れくさそうに笑うとかわいい。わたし、この人が好きだ、そう思うと紬もうれしい。

片想《かたおも》いでもうれしいってどうしてだろう。誰かを、値踏みすることなくとても好きになれたこと、そういう人を見つけられたことが、たぶんはじめてで、うれしかった。

母は先に眠っていた。帰宅した紬は、部屋の片隅でノートパソコンを開き、来シーズンのための新しい企画書に取り組みはじめた。

いいと思えるアイディアが出てこなくて、苦しい。でも何か小さなとっかかりを得たような気がして、パソコンに向かっている。そのとっかかりをたぐり寄せようとするが、浮かぶイメージはとりとめもなく、使い物になりそうにない。それでも、散らばるイメージにひたっていると、子供のころの風景が断片的に現れる。

新緑の茶畑、山ツツジの原、山の上に立ち上がる入道雲、紅葉《もみじ》の山裾、白く雪化粧した山脈。

「まだ起きとんの？」

母の声がした。こちらに背を向けているが、起こしてしまったようだった。

「あ、ごめん、まぶしい？」

「平気やけど、無理したらいかんよ」

いつのまにか夢中になっていたようだった。楽しいというにはまだ、少しも形にならないけれど、心地よく入り込んでいた。

「お母さん、東京で暮らさない？　わたしと」

気がつけば、そんなことを口走っていた。紬は都会にあこがれたし、都会の生活を手放したくないけれど、故郷の田舎も嫌いじゃないのだ。紬に故郷を思い出させるように現れた母を、また見捨ててしまったら、重い喪失感にさいなまれるだろう。

「山姥は山に戻らないかんのさあ」

母はこちらに背を向けたまま、あっさりとそう言った。眠たげな声だったが、迷ってはいないのだろう。

ほっとする一方で、淋《さび》しくもあった。母が頷いていたら、それはそれで面倒だし、きっとまた、母をうとましく思ったりすることだろう。でも、残念なのも正直な気持ちだ。離れたくないように思うのも。

＊

好きなキャラクターがプリントされたカバンを買い直し、玲奈は満足してくれた。ケンカをした友達ともすっかり仲直りして、元気に幼稚園へ通っている。しかし絹代と夫との関係は、どうにもぎくしゃくしたままだ。

英夫はあれ以来、口数が少なくむっつりしている。いつもならケンカを引きずらないよう、暗黙のルールでお互いいやなことは忘れるように努めたはずだった。なのに、いったいどうしたのだろう。

理由に見当がついたのは、今朝になってからだ。ＯＬ時代に同僚だった友達と、久しぶりに電話で話したときだった。

絹代と同様、結婚を機に仕事を辞めたが、彼女の夫は英夫と同じ商社に勤めている。そんな夫の話からはじまったのだが、絹代にも無関係とはいえず、寝耳に水のことだった。

一流商社といえど、このごろは人員整理が進んでいるという。彼女の夫も早期退職の打診があって困っていたが、別の会社に再就職が決まって一安心という話だった。そのうえで彼女は、あなたのところはどう？　と訊いてきたのだ。

「え？　わたしのところ？」

「富永さんも、早期退職打診されてるって聞いたけど……、あ、ごめん、きっとこちらの思い違いね」

彼女はあわててそう言ったけれど、絹代が英夫から聞かされていないことに気づき、言葉をにごしたのだろう。どうにか彼女から聞き出したことは、三カ月の間に転職先を見つけてくれとのことだとか、見つからずに退職できなかった場合は異動になるという話だ。おそらく追い出し部屋のようなものだろう。仕事が見つからなくても辞める人がほとんどだという。

こんなことになるなんて、将来安泰だと思ってたのに、と彼女はつぶやいた。

絹代も同じ思いだった。夫の仕事がなくなるなんて考えもしていなかった。まじめな人だし、仕事もきちんとこなしてきたはずだ。リストラにあう理由なんてない。けれど会社なんて冷淡なものだ。絹代は、女性社員が妊娠すれば居づらくなるのを知っていたからこそ結婚退職をしたし、当時も、たとえ実力のある社員でも、年齢が上がり出世コースから外れれば窓際族と呼ばれていた。

このごろの英夫が、とげとげしかった理由はそれだったのだろうか。玲奈のカバンに目くじらを立てたのも。

相談してくれればいいのに。彼ひとりの問題じゃないとわからないのだろうか。でも、直接彼に聞かされれば、絹代は冷静ではいられなかっただろう。

マンションのローンはどうするの。玲奈のお受験は？　どうして冬のボーナスで車を買い換えたの。ママ友になんて言えばいいの。彼を思いやる前に、言いたいことを飲み込むのが精一杯だったのではないだろうか。飲み込めなくて言ってしまっていたかもしれない。

一人っ子の英夫は、長男としてしっかりするように母親に育てられた。男らしく、と自分に言い聞かせているところがあり、男らしくない自分を周囲に気づかれるのをいやがる節がある。だから妻にさえ、自分の失敗を言えない。再就職先が決まったら、引き抜かれたとでも言うつもりだったに違いないが、それもないのは、まだ再就職が決まらないのだ。

絹代は日頃から、彼のプライドを傷つけないように努めてきたつもりだ。母を反面教師に、愛される女になりたかったからだ。

母は愛想がいいとはいえず、頭の回転もにぶかった。気がきかなくて誰からも評価されなかった母のようにはなるまいと心に誓い、絹代はうまく立ち回ってきたはずだ。

頼み事だって、相談するようにして彼が自分で判断したと思わせる。

しかし家のことは、きちんと絹代が判断して決めてきた。玲奈の習い事も幼稚園も決めたし、園の行事でもまとめ役をしている。そもそも不妊治療だって、絹代が決めて彼を言いくるめたようなものだった。

それでも彼は、絹代がひとりでは決められない、か弱い女だと思っているのだろう。だからリストラを自分だけの問題だと思っている。

腹が立った。自分たちは何のために家族になったのだろう。

何のために？　そもそも家族なんて、子供のころからありがたいものだったことはない。自分だけはうまくやれるだなんて、どうかしていたのだ。

友達との電話はとっくに終えているのに、絹代は携帯を握りしめたまま、ソファで脱力していた。

インターホンが鳴っても、すぐには立ち上がれなかった。二度、三度と鳴らされ、ようやく立ち上がる。カメラに映し出されているのは、知らない老婦人に見えた。誰だろうと思いながら、とりあえず応答する。

「絹代？　お母さんやよ」

はっとして画面に見入れば、母のように見えてくる。突然のことで、絹代はあせった。

直接来るとは思ってもいなかった。あらためて日時を決めて会うのだとばかり考えていたが、来てしまったのならあげないわけにいかない。

英夫は会社、玲奈は幼稚園へ行ったばかりだし、家に絹代ひとりだけだったのはまだ幸いだっただろう。

ロックを解除し、カメラの画面が消えてから、本当に母だろうかと疑問が浮かんだ。長い間会っていないのだから、印象が変わっていても無理はない。写真でもそう思ったが、紬と写っていた母と、たった今カメラに映し出された母は、同じ人物に見えた。ということは母に違いないし、声のトーンはたぶん母のものだった。最後に電話で話したのが何年前だったかおぼえていないが、少しかすれた感じがするものの、のんびりとした話し方は記憶のままだ。

しばし待って、玄関のチャイムが鳴るころには、絹代は母を迎える心の準備ができつつあった。そのせいか、ドアを開けたとき目の前に現れた母には、違和感はもうなかった。

「ごめんなあ、突然来てしもて」

「いいけど……、今はわたしだけだから。麻弥から連絡もらったときは驚いたのよ。行方不明になったときだって驚いたけど」

リビングへ案内すると、母は窓辺へ駆け寄った。高層階からの景色がめずらしいのだろう。

「すごいなあ、こんなとこ住んで。絹代は幸せ者やなあ」

そうなろうと努力したからだ。母とは違う。

「今日は家だけ確かめて帰るつもりやったんや。紬の管理人さんが、住所を見て行き方教えてくれたもんでな」

だったらどうして、インターホンを押したのか。

「そやけどこれ、見つけてしもたもんで」

今朝、ゴミ捨て場に捨てたばかりの、パッチワークの手提げカバンだった。このマンションでは、古着や古布《ふるぎれ》は分別してリサイクル業者に回収してもらうため、ふつうのゴミとは違い、回収直前に表に出される。それを母が見つけたようだった。

「きれいなパッチワークやんか。捨てたもんならもらおかと思ったら、名前があったたんさ」

〝とみながれいな〟と名前を内側に書いたのを忘れ、そのまま捨ててしまっていた。

「何で捨てたん？」

「もういらないから」

「あんたが作ったんとちゃうな」

「買ったの」

「あんた不器用やったもんな」

絹代は手芸のたぐいが大嫌いだった。ミシンで縫うならまだしも、手縫いなんてもってのほかだ。とはいえミシンでだって何か作ろうと思えば繁雑な作業があるし、正確に縫わなければならない。そんな面倒で時間を浪費するなんてどうかしている。安くて丈夫なものはいくらでも売っている。

だいたい、手作りが愛情表現？　そんなわけないじゃない。絹代は、母が作ったパッチワークのあれこれをありがたく思ったことなどないし、むしろ買ってほしかった。

そう思っているくせに、どうして周囲に同調しようとしているのだろう。ママ友が手作りを競い合ったって、絹代が自分も賛同するかのように話に加わらなければ、玲奈も作ってほしいとは言わなかっただろう。

「なあ、教えたろか？　パッチワーク。玲奈ちゃんがよろこびそうなの、いっしょに作ろや」

「お母さんが？　子供がよろこぶもの作れるの？　それにお母さん、孫に興味ないじゃない。わたしが不妊治療に通うってとき、孫なんていらないって言ったでしょ」

孫の顔を見たいでしょ、と絹代が電話越しに問いかけたら、母はそう言った。もちろん、見たいと言えば絹代へのプレッシャーになるだけだと思ったのかもしれないけれど、絹代には冷たく感じられた。

しかし、母が冷たくなったとしたら、絹代が母をないがしろにしたからだ。忙しいからと連絡を絶っていたのだから、ようやくつながった電話での不妊治療の話題は、母にとって寝耳に水だっただろうし、その後玲奈が生まれたことも突然で、絹代を遠くに感じただろう。

だからか、母は玲奈に会いたいとは言わなかった。絹代に愛想を尽かしていたに違いないし、絹代自身も、それでいいと思っていた。

「それにお母さんのパッチワーク、三人も娘がいて、誰かよろこんだことある？」

辛辣《しんらつ》だと思いながらも言ってしまう。愛想を尽かしたはずの娘に、どうして会いに来たのか。絹代はもう、母は死んだと納得したつもりだったのだ。生きている母を田舎に放置して、ないがしろにし続けるのは罪悪感がつのっていく。でも死んだなら、自分の親不孝を後悔しても、それ以上は考えなくてすむ。

なのに、今ごろになってこんなふうに現れるなんて。

「よろこんでなかったん？」

能天気な言葉に、お茶を淹れながら苛立ちはつのった。

今は英夫のリストラ話でいっぱいいっぱいなのに、母はさらに絹代を不愉快にする。

早く帰ってくれないだろうか。

「だって、ボロ切れのパッチワークよ。友達はみんな、かわいい持ちものを自慢し合ってたのに」

「ほうかあ、しらんだわ」

絹代はたぶん、母に直接の文句を言ったことはない。そういうのはよくないことだという気がしていたのだ。だったら今ごろ言うこともないのに。そう思いながらも言ってしまったのは、今の自分がささくれ立っているからだろう。

「けどな、お母さん、絹代に渡したいものがあったんや」

そう言って、パッチワークのカバンから何かを取り出そうとする。母は娘たちに、パッチワークを配るために来たという。

ああ、そんなものいらない。お茶をテーブルに置こうとしながらも、母のパッチワークを嫌悪し、思わず手を動かす。そのとき、湯飲みが倒れた。

母のおなかにお茶がこぼれるのを目にし、絹代は悲鳴を上げた。

「ご、ごめんなさい！　大変、冷やさなきゃ」

「うん、大丈夫や」

母はあわてた様子もなくそう言うが。

「やけどしたかも。すぐに冷やすから上の服を脱いで」

「そんなに染み込んでへんよ。厚着やで」

母の言うように、重ね着の一番下に着ていた肌着は湿っている程度だったが、洗うからと言って絹代はそれも脱がせた。へその横が少し赤くなっていたが、たいしたことはなさそうでほっとする。

冷蔵庫から出した保冷剤で冷やしている間に、着替えをさがす。

「どう？　痛くない？」

「痛くないよ」

たるんだおなかは、日に焼けた顔や腕からは想像できないくらい白い。子供のころに鏡餅みたいだと思ったことがある。

薬を塗るために母の腹を撫でていると、妙に懐かしい気持ちになった。母に対するうとましさや苛立ちが、やわらかい弾力に包み込まれていくようだ。

「絹代は、やさしい子やなあ。昔からそうやった。パッチワークの布、はぎれをようくれたやろ」

家庭科で使った残りものの布、学園祭のはちまきの余り、よく持ち帰ったのはおぼえている。母は、パッチワークの布をほとんど買わなかったから、何でもよろこんで受け取った。

「それに、作ったのをありがとうってゆうてくれたのも絹代だけやった」

「言ったっけ?」

「ゆうたよ」

たぶん、いらないと言うのも面倒だから、追い払うための方便だったのだ。

「それより風邪ひくから、これ着て。お母さんの服は洗っておくから」

「何を作っても使わへんから、気にいらんのやろとは思たけど。作ったことだけは、よろこんでくれたんやなと思とった」

絹代はやさしくなんかない。

母はやさしすぎた。そうして、損をしてばかりだった。家族を思いやって、休む間もなく奉仕しても、ちっとも報われないのを見てきたから、やさしくなんてなりたくなかった。

わたしはやさしくなんかない。

打算的に家を出て、結婚に有利な会社に就職し、条件を見定めて結婚もした。よい妻になろうと心がけたのも、今の生活のためで、はたして夫のためだったのだろうか。夫が窮地にいるのに、気づかずにのほほんとしていたのだ。そのうえ、もっとましな男がいたのではないかと考えたりもした。

「ええセーターやな」

「もう着ないけど、とってあるの。英夫さんとカナダへ行ったとき買ってもらったやつかな」

「やさしい旦那さんやな」

「まあね」

不満を言ったらきりがないけれど、絹代をだいじにしてくれたからこそ、結婚を決めたのではなかったか。

条件も打算もあったけれど、それだけではなかった。

「さあて、ほんなら帰るわ」

母は立ち上がる。服はまた返しに来ると言い、来られると困ることを忘れて絹代は頷いていた。玄関口で、少し振り返った母は、観音様のような笑みを浮かべて目尻を下げた。

「絹代は、やさしいことが報われるところ、さがしとったんやな」

走馬灯《そうまとう》のように記憶がめぐる、というのはこういうことだろうか。けっして死の間際ではないが、いろんなことが一気に、絹代の頭に浮かび上がってきた。

母が虫垂炎で緊急入院したことがあった。暑い夏の最中《さなか》で、野菜の収穫が遅れると祖母が病院に来てまで愚痴を言っていた。

『すんませんなあ、おかあさん』

母はひたすらもうしわけなさそうだった。

『おばあちゃん、病気なんや。しょうがないやん』

絹代は言った。

『スイカの種飲み込んだんやろ。ひとりでようけ食べたからや』

家にはたくさんスイカがあり、余ったものはいちばんおいしい時期を過ぎていたため、子供たちは飽き飽きし、見向きもしなくなっていた。祖母だっていらないと言って、母に押しつけたのに。

そもそもスイカの種でどうこうなんて迷信だけれど、母は自分の不注意であるかのように詫《わ》びていた。

絹代は中学生だったから、はっきりとおぼえている。

母の白いおなかに、手術の傷あとができたことを。

なぜ母は、傷をつけられてばかりなんだろう。本当に、やさしい人なのに。悲しくて涙が出た。

――なのに今、母のおなかには傷あとがなかった。ただぽってりとした白い肌が、ほんのり赤くなっているだけで、すべすべだったのだ。

母は、いつどこで体を取り換えてきたのだろう。

5　母とにせもの

母が、母ではないかもしれない。絹代から聞かされた紬は、すっかり混乱してしまい、会社にいる間もなかなか仕事に集中できなかった。お昼休みも、母の作ったお弁当がカバンの底にあるのに気づき、これを食べるべきかどうかしばらく悩んでいたほどだ。同期の凜子が、ワンコイン弁当を買ってきたからいっしょに食べようと誘いに来なければ、母のお弁当を見なかったことにしただろう。

紬の部屋に居候している母は、ときどきお弁当を作ってくれる。紬もしだいにそれを受け入れ、お弁当派のランチ仲間もできつつあったし、田舎から母が来ていることも、恥ずかしがったり隠したりする必要はないと思えるようになっていた。なのに、どうして今ごろ別人だなんて、絹代は言い出すのだろう。

紬自身、別人に見えてしまった自分に言い聞かせるようにして、母だと納得できるようになったところだった。そうして今は、むしろ母だということを否定したくないと思っている。

行方不明になったときは、もう二度と会えないことを覚悟した。だからといって実感もなく、離れているだけのようなつもりで毎日を送っていたが、母だというあの人が現れたことで、よかったと思う自分に気がついた。

母が生きていてよかったと。山姥《やまんば》になったとかいうわけのわからない話をしても、どこか雰囲気が違ってしまっていても、また姿を消すつもりだとしても、生きていて会えたことを、心の底からよろこんでいる自分に気がついたのに。

絹代の思い違いだったらいい。

お弁当の卵焼きは、少し塩辛い母の味付けだ。大葉で巻いた蒲鉾《かまぼこ》にわさび入りのマヨネーズが添えてあるのも、母の定番だった。

今日はちょっとわさびが利きすぎている。

「元気ないね、紬。新しい企画書けそうだって、うれしそうにしてたばかりじゃない」

黙々と食べていたから、凜子はさすがに変に思っただろう。

「え、ううん？　そんなことないよ、元気よ」

「藤井さんのこと？　このあいだまで紬にやたらちょっかい出してたのにさ」

「ぜんぜん気にしてないよ」

柳川と紬がいっしょにいるところを見かけたらしいあの日から、藤井は仕事のこと以外で話しかけてこなくなった。紬にとってもそれで安心したというところだ。マナミともあまりこじれずにすんだのは、ある意味藤井のおかげだったから、感謝したい気持ちもある。

「仕事できるし、いい先輩なんだけど、彼氏にするには問題あり、か」

心配してくれる凜子を紬はありがたく思う。

「大丈夫だって、凜子。わたし、最近気になる人ができたの」

「えっ、ほんと？　つきあってるの？」

「完全な片想《かたおも》いだから。でも、それでいいって思える人。だからわたし、元気」

「そっか、……片想いでもいい恋なのね」

よかった、とにんまり微笑《ほほえ》む凜子とともに、空気もさっと明るくなった。

母には、どんな友達がいたのだろう。ふと思うのは、母の交友関係をこれまで考えたことがなかったからだ。近所付き合いはふつうにこなしていたし、仲のいい人もいたと思う。でも、パッチワーク仲間はいなかった。

ひとりでする作業だけれど、ご近所と教え合ったり、情報交換したり、そんなことがあっても不思議ではなさそうなのに、紬の記憶にはない。周囲にたまたま、手芸に興味を持ちそうな人がいなかっただけだろうか。けれど紬は、母にとってのパッチワークが、祈りに似た孤独な作業だったのではないかと感じている。

山姥と結びつく、針と糸の作業は、お守りだといつも言っていたように、母にとってただの手芸ではなかったのだ。

柳川のことを思い出せば、紬は彼に相談したくなる。母の、山姥になったなどという理不尽な言葉も、柳川のおかげで冷静に受け止めることができたのだ。それともただ、彼の声を聞きたかっただけなのかもしれないが、退社すると同時に電話をしていた。

母にあるはずの、手術のあとがなかった。そんな支離滅裂な話を、彼はまじめに聞いてくれたし、「どうすればいいでしょう」なんて混乱した紬の質問にも、電話の向こうで真剣に考え込んでいるのがわかった。そうして、ひとこと言ったのだ。

「本物かどうか、重要ですか?」

本物でないなら、紬たち三姉妹はだまされていたことになるのではないか。そう思ったが、違うと柳川は主張した。

「文子さん……、いえあの人は、山姥になったと言っていました。その時点で以前のお母さんではないのだと、自己申告しています。一方で、かなりの部分は以前のお母さんに似ている。外見の雰囲気だけでなく、話し方やしぐさも。それが、あの人があなた方に示したかった自分の姿なんですよね。だったらけっして、あなたたちをだますために現れたわけではない。たとえ本物でなくても、あなた方にお母さんのイメージを重ねてもらえたら、彼女は目的を達しているのではないでしょうか。たぶん、パッチワークを受け取ってもらえたらそれでいいと。パッチワークは、お母さんが作ったものに間違いなさそうなんでしょう?」

電話越しに、紬は頷《うなず》いた。

「見覚えがありますから……。わたしがもらったのは、高校生のときのお弁当包みです。使うのが恥ずかしくて、なくしたことにしてタンスの奥につっこんでいたものでした」

「お母さんしか知らないこと、知らないものを持って現れた人は、その部分だけを見るなら、紬さんにとってお母さんだと思うんです。お母さんに手渡されたのと同じことではないでしょうか」

母じゃないかもしれない人のお弁当を、母のパッチワークで包んでいる。そのお弁当は、はたして母の愛情なのかどうか、紬は考えた。中身が違うなら母のお弁当ではない。けれど紬は、パッチワークに包まれたお弁当を久しぶりに食べたときから、母の思いを知ったような気がしている。

「その人がお母さんのように見えていたなら、記憶の中にある本当のお母さんを、その人の中に見ていたわけでしょう? なんというか、その人は、たとえぜんぶがお母さんではなくても、意志を持ってお母さんであろうとしているように思えます。山姥は、山母とも書きます。彼女が山姥だと自称したことも、広い意味であなたたちの母になろうとしたかのようです」

柳川の理屈は、とても奇妙だった。なのに、紬には不思議と落ち着く言葉だった。お弁当とお弁当包み、それはまるで、ふたりでひとりの〝お母さん〟になった母のようだ。そうして今の紬は、高校生のころとは違い、素直に会社へ母のお弁当を持参して、最初の日こそこっそり食べたものの、今は同僚の前で堂々と開いている。パッチワークのことを問われれば、母が作ったと言えるようになった。

あの人が本当のところ誰なのか、母とどういう関係なのか、もちろん疑問は残っている。しかし彼女の行動にも言葉にも、紬の知る母の言動がこもっていた。そこに紬は親しみや懐かしさを感じ、母と再会したよろこびを実感した。山姥になっただなんて非現実的だからこそ、理屈よりも感情に動かされた。かすかな違和感を持ちながらも、母が何者だろうと、妖怪だろうと、感じたままの母らしさを受け止めることができていたのだ。

だからもう、パッチワークもお弁当も恥ずかしいとは思わない。新しい母に接して、紬も少し変わった。それは母が、新しい母だったからこその変化だ。紬が母との関係をあらためて築くことができたのは、現実の母とは少しだけ違う、山姥になったという母だったから。

柳川と話して、不思議とありのまま受け止められそうに思えた紬は、自宅へ帰る決意をした。このところ、なるべく遅くに帰り、母が寝ているのを期待する毎日だった。どこの誰かわからない人と同居しているのだとしたら、なんだか気味が悪いではないか。問題が解決したわけではないが、気味が悪いという思いはなくなっていた。そこにいるのは山姥になった母なのだ。母でなくても、とても母に近いもの。だから今は、母がそんなふうになったいきさつや理由を知りたい。母のことをもっと知りたい。紬はそう思いはじめていた。

母への罪悪感、突然現れたことへの戸惑いから、これまで見ないようにしてきたことはなかっただろうか。昔も今も、紬は母に対して目をふさいできた。母が何を感じ、考えているかなんて知る必要はないと思ってきたから、顔に違和感があっても納得しようとした。

でももう、紬は不満だらけだったあのころの紬ではない。母が直面したこと、失踪した原因や、山姥になったと言う理由に、娘として向き合うべきなのだろう。

意気込んでいたのに、たどりついたマンションの部屋は真っ暗だった。寝る時間にはまだ早すぎると、紬は急いでドアを開けたが、窓からの明かりでも中を見渡せるワンルームに、母の姿はなかった。

まさか、出ていったなんてことはないだろうか。紬は畳んだ布団のそばに母の荷物がないか確認した。目についたのは、見おぼえのない段ボール箱だ。覗《のぞ》き込むと、母の服が入っている。段ボールには絹代からの送り状が貼りつけてあり、この前お茶をこぼしたと言っていたときのものだとわかった。絹代が洗った服が送られてきたのだろう。しかし母の、大きなパッチワークのカバンはない。出かけるときはあれをそのまま持っていくようだが、紬は母がまだここへ戻ってくるという証拠をさがして布団のまわりをよく調べた。

着替えが何枚か置いてはあったが、ここへ来てからとりあえずと買った安物ばかりだ。母にとっては、家へ帰るにしろ山姥に戻るにしろ、持っていくほどのものではないだろう。

このまま母が姿を消したとしたら、もう二度と会えないに違いない。そう思った紬は、居ても立ってもいられなくなった。

部屋を出ようとしたとき、携帯電話が鳴った。母かと思ったが、意外にも絹代だった。

「紬？　お母さんいる？」

どうやら母に用だったらしいが、絹代はやけに早口だった。

「ううん、いないの。どこ行っちゃったんだろ……」

紬もうろたえているところだったが、姉の声がひどく落ち着きなく感じ、携帯を握り直した。

「じゃあもう出ちゃったのかしら。わたしが貸したセーター、宅配便でいいって言ったのに、こっちへ来るって留守電に入ってたんだけど。わたし今すぐ出かけなきゃならないの。困ったな……。お母さん、携帯持ってないのよね？」

出かけなければならない用件に、あきらかにあせっている。

「絹ちゃん、何かあったの？」

「……ううん、何でも……」

何でもないと言いかけたのだろうけれど、思い直したように絹代は言う。

「じつは、英夫さんがいなくなったの」

「え？　いなくなったって、どういうこと？」

「同じマンションの人が、彼が非常階段から下を覗いてるのを見たって言うの。何してたのかわからないけど、ちょっといやな予感がして……。下の植え込みを確かめたら、彼の通勤カバンが見つかって」

「カバン、誤って落としちゃったの？」

「だったら拾えばいいことでしょう？　あの人、最近リストラの勧告をされてるらしくて、わたしにも黙ってたのよ。同僚の奥さんから聞いてわかったんだけど……。ねえ紬、カバンを落として、そのままふらりとどこかへ行っちゃったなら心配だわ。これから心当たりをさがしてみようと思うんだけど」

ママー、と玲奈がそばで何度も呼んでいる。絹代が娘を落ち着かせようとするような声が聞こえた。

姉が、あまり接点のない妹に家庭のことを話す気になったのはどうしてだろう。しかしそんなことより、紬もひどく心配になっていた。電話の向こうで、絹代の娘はますますぐずる。母親の不安を感じ取っているのだろうし、幼い娘をひとりで置いておくわけにはいかない絹代は、玲奈を連れて心当たりをさがすのだろうか。

友達にあずかってもらうには難しい時間だし、よほどの事情だということを説明しなければならなくなる。英夫が単に遊びに行っているだけなら、人騒がせな話になってしまう。

「わたし、そっちへ行こうか？　玲奈ちゃんを見ててもいいし、お母さんが来るなら留守番にもなるし」

「いいの？　すごく助かる」

絹代の役に立つ日が来るとは、想像もしていなかった。姉妹でも、年齢だけではない距離があって、ほとんど会話をした記憶もない。この先お互いの環境が交わるはずもなく、距離は広がっていくだけだと思っていたのに、一気に近づいたことが不思議だけれど誇らしくもあった。

紬が玲奈くらいのころ、絹代はもう大学生で家を出ていた。その歳《とし》の差は大きかったが、今の紬は絹代と同世代の同僚たちとともに働いている。中には気の合う人もいて、集まって飲みに行くこともある。年齢とともに、歳の差は小さくなっていくのかもしれない。そして姉妹だという事実はいつまでも変わらない。

「そうだ、麻弥ちゃんにもいっしょにさがしてもらえばどう？」

「麻弥に？　でも、そんなこと頼むなんて」

絹代は戸惑っていたが、抵抗があるわけではなさそうだった。紬はだめ押しした。

「麻弥ちゃんは、意外と頼られるのが好きだと思うよ」

＊

品川《しながわ》駅の改札前で絹代が待っていると、麻弥は相変わらず仏頂面をして現れた。何もかもに興味がなさそうな顔、絹代は昔から、麻弥を見ていると苛立《いらだ》つばかりだったが、今はそんな顔でさえ、目の前に現れるとほっとしていた。

「ごめんね」とつぶやくと、麻弥は驚いたように見えた。たぶん、気弱な絹代を見たことがなかったのだろう。細かく人生設計をして、着実に努力していた絹代は、少なくとも家族に弱音を吐いたことはなかった。不本意なこともうまくいかないこともあったけれど、不満は口に出さなかった。いい子のまま家を出る。でないと、将来結婚するときの傷になる。そう思っていたからだ。

衝突して飛び出す無計画な麻弥とは正反対だったけれど、こんなふうに、想定しないことはいつだって起こり得るし、そういうとき自分はもろいのかもしれない。

「どうせひまだし。けどお義兄《にい》さん、ちょっと気晴らしをしてるだけじゃないの？　カバンがマンションの下に落ちてたのだって、ものに八つ当たりしたのかも。わたしだってイライラすると、川原で思いっきり石投げることあるよ」

絹代は頷いたが、なかば上の空だった。

「カバンの中に、携帯電話が入ってたの。確かめたら、いなくなる直前に旅行代理店へかけてた。玲奈を連れて行こうって、春休みの旅行を計画してた代理店よ。それでそこに確認してみたら、キャンセルの連絡があったっていうの。どうしよう、先の予定をキャンセルするなんて、よくないことを考えて……」

震えながらうつむく。

「そうとは限らないよ。とにかく、お義兄さんが行きそうなところは？　実家はどう？　八王子《はちおうじ》だっけ？　それとなく聞いてみたら？」

「聞いてみたわ、うまくごまかしながら。何の連絡もなさそうだった。それに、実家じゃないと思うの。英夫さんは、誰よりお義母《かあ》さんに心配はかけたくない人だから」

「行きつけのお店とかは？」

「それもいくつか覗いてみたけど」

「会社、はないか。リストラだもんね。もっと思い入れのあるところかな。思い出の場所とかないの？」

絹代は考えをめぐらせたが、ため息をついた。
「わたしとの思い出じゃないよね……。もし彼が絶望していたとして、だからそこへ行きたいと思うほどの思い出なんて、わたしたちには……」

いっしょにいても、お互いを心から必要としていたのかどうかよくわからない。自分は彼のささえになってはいなかった。でなければ、リストラのことを話してくれていたはずだ。

そもそも絹代は、英夫を、人生設計を実現するための道具と見なしていなかっただろうか。不自由ない生活を与えてくれる人、子供を作り、理想の家族を作るために必要な人。だから理想どおりにならないなら、彼でなくてもよかったなんて思ってしまう絹代は、彼にとっても欠かせない妻ではなかっただろう。

それでも自分の知る限りの彼を思い出そうと、絹代は必死で考えた。悩み行き詰まった状態で、向かうのならどこだろう。

「昔、彼のおばあさんが西日暮里《にしにっぽり》に住んでたらしいの。子供のころにいちどだけ、家出をしたことがあって、ひとりでそこへ行ったたって話を聞いたことがあるんだけど……」

「八王子から？」

「そう。小学生なら、電車さえ間違わなければ行けなくはないけど、思いきった行動よね」

な」

「本人はおぼえてないって。お義母さんは、理由を言わなかった、みたいな話をしてた
「家出の理由は？」

「ま、子供だって悩みはあるよね。息抜きしたのかも」

考えてみれば英夫は、一人っ子で親の期待を背負っていたし、プレッシャーはかなりのものだっただろう。期待どおりの大学へ進み、期待どおりの会社へ就職して妻子も養っている。これまでの人生に、うんざりしたことはなかっただろうか。

絹代は、子供のころから家族にうんざりしていたぶん、そこから抜け出すために努力をした。善《よ》かれ悪《あ》しかれ、今の場所を自分で選んだという自負があるが、彼は、何もかも成りゆきで得たかのように感じているかもしれない。

切実に望んだわけじゃない、ただの成りゆきなのに、それらは急に彼を突き放そうとしているのだ。

「おばあさんの家はもうなくて、マンションが建ってるだけだって聞いたけど」

「紬のところからわりと近い？　とりあえず、そこへ行ってみようよ」

ふたりして山手線《やまのてせん》へ乗り込んだ。ドアの近くに立ったまま、外の風景を眺める。絹代はもう、東京で過ごした時間のほうが長いのに、いまだに故郷での自分を引きずって、ひたすら前へ前へと進もうとしている。周囲をいたわるよりも、理想を追いかけようと

している。

もう、じゅうぶんじゃない。たくさん、大切なものを得た。

「麻弥、わたし、結婚してからなかなか子供ができなかったでしょう？　あせるばかりでつらかった。英夫さんは治療に協力的じゃなくて。だけどわたしのほうは、検査結果でもとくに悪いところはなくて。だから、英夫さんのせいじゃないかと思ったし、そういう言動をしてたんだと思う。それって、傷ついたと思うのよね。彼は、自分のせいだとはっきりするのが怖いから避けてたんだろうし。子供のころからお義母さんに期待されてて、早く孫の顔を見たいってせっつかれてるのに、自分は完璧な息子じゃないかもしれないって不安だったのよ」

「結局、玲奈ちゃんが生まれたじゃん」

「きちんと検査をしたら、どちらにもとくに問題はなくて、原因不明。そういうことも少なくはないみたいなんだけど、しばらくしたら自然に妊娠できて、本当にうれしかった。あのときぎすぎすしてしまったことが、もうしわけないとずっと思ってるけど、何も言えないまま。むしろふたりめの話になると彼が避けるのが気に入らなくて、なかなかやさしくなれないの」

たぶんまた、原因もわからずにうまくいかないかもしれないから、避けたい気持ちもわかる。ただ絹代にしてみれば、面倒になりそうなこと、プライドが傷つきそうなことを避けて、自信を保っている英夫がふがいなく思えることも少なくなかった。

しかし彼は、自信を保たなければならないのだ。子供のころからそうだっただろうし、絹代自身、彼に男らしさや頼りがいを求めたではないか。

「わたしは自分のことばっかり。彼の気持ちに寄り添ったことがあったかな」

「そう思えるなら、寄り添えるよ」

「麻弥、あなたがそんなこと言うなんて」

「どういう意味よ」

めずらしく、ふたりで笑い合った。重い気持ちが少しは晴れる。

電車を降りて、改札を出ても、英夫が見つかるというわけではない。おばあさんの家とやらは駅からそう遠くはなかったらしいが、絹代も麻弥も来たことがない場所だ。

「今はマンションっていうけど、どれだろう？」

「近くに神社とたい焼き屋があって、よく行ったとか聞いたような」

通りすがりの人に訊《き》くと、稲荷神社《いなりじんじゃ》なら、この先の坂を上って……、と教えてくれた。その神社かどうかはわからないが、とりあえず行ってみることにする。

「あれかな、神社じゃない？」

坂を上っていくと、暗がりにぼんやりと、赤い鳥居が見えてきた。近づいていくと、のぼりがゆるくはためいている。石垣に沿って狭い階段が続く、そんな入り口近く、敷地に置かれたベンチに腰掛けている人影が目につき、絹代は声をあげた。

「英夫さん！」

スーツ姿の男が、驚いた様子で顔を上げた。

「絹代？　どうしてここへ……」

「だって、マンションの下にカバンが……、思いつめてるんじゃないかと心配したのよ。リストラのこと、聞いちゃったから」

情けなさそうに眉をひそめ、彼はまたうつむいてしまう。絹代はそばへと歩み寄る。

「……うん、あのときはどうかしてたんだ。天へ向かって伸びるようなマンションを見上げてたら、ローンがのしかかってくるようでさ」

ぽつぽつと語る。再就職先が決まらず、落ち込んでいた彼は、いつのまにか階段を上っていて、七階あたりから下のほうを覗き込んでいたのだという。そのとき、背後から急に声をかけられ、カバンを落としてしまったらしい。

「お義母さんがいて、びっくりしたよ。最初は誰だかわからなかったけど」

結婚式で会ったきりだ。それに彼は、絹代の母が行方不明になり、おそらく生存は難しいということを知っていた。驚きもするだろう。

「失礼な話、幽霊じゃないかと……。おれ、本当は飛び降りたのかとか考えて。いや生きてるよってお義母さんが笑って、なんか救われたようだったんだ。それで、事情を話すことになって、なんとなくふたりでマンションを出て、ここへ向かってるうちにすっかり落ち着いたからさ、もう大丈夫だってお義母さんに言ったんだ」

ほっとしながら、絹代は彼の隣に腰をおろした。母は、絹代にセーターを返しに来て、様子がおかしかった英夫を見かけることになったのだろう。

「それで、お母さんは？」

ここにいるのは英夫だけだ。彼がひざに置いている紙袋からは、あまい匂いが漂ってくる。

「お礼にたい焼きを買ってくるって言ったら、お義母さんはここで待ってるって言ってたんだ。たい焼き屋はもうなくて、結局コンビニであんまんを買ってさ。帽子が置いてあるから、すぐ戻ってくると思ったんだけど」

絹代は、石垣にぽつんと置かれた帽子を手に取った。パッチワークキルトの帽子だ。あたたかいだろうけれど、見栄《みば》えはやはりよくはない。

「なかなか戻ってこないから、さがしに行こうか迷ってたところだ」

「じゃあ、わたしがさがすよ。トイレでも行こうとふらふらここを離れたんじゃないかな」

麻弥が言う。英夫は、麻弥もいっしょにいることにはじめて気づいたようにまばたきをした。

「あ、英夫さんははじめてよね。上の妹よ」

「ああ……そうなんだ」

麻弥は軽く会釈して、足早に立ち去る。隣に腰掛けたまま、絹代は問う。

「ねえ、おばあさんの家って、いつでもあなたを受け入れてくれる場所だった？」

英夫は小さく笑った。

「おれがどんなに愚鈍な少年でも、ばあちゃんは気にしなかったからな」

愚鈍だなんて、彼は昔から優等生で、お義母さんの自慢の息子だった。

「おばあさんの前では、気をゆるめられたんだ？」

「絹代のお母さんにも、あまえてしまったよ。雰囲気が似てるんだ。おっとりしててやさしくて、なんでも許してくれそうな……。おれは、本当はふがいない男なんだ。仕事だっておれ程度にできるやつはいくらでもいる。会社はそれに気づいただけだ。何もかもが平凡なのに、ちょっとだけ背伸びして、たまたま実力より大きな会社に入れたけど、そこにはずっと優秀な人間が大勢いて、いつ落ちこぼれるかと恐々としてきた」

絹代は何も知らなかった。

「きみにももうしわけなくてさ。おれに期待してくれてたのに……。イライラしてるとつい、八つ当たりみたいなこと言ってしまうし、結婚して、いろいろ期待はずれだっただろう？」

「……そんなの、お互いさまじゃない。わたしは、相談相手には頼りない？」

「相談って、弱いところを見せることじゃないか」

顔を上げようとしないままの彼は、たぶんこれまで、おばあさんにしか悩みを相談したことがなかったのだ。

英夫にとって絹代は、ちっともやさしくなかった。やさしくなれる場所をさがしていたんだろうと母は絹代に言ったけれど、理想の夫も家も、子供も得たのに、やさしくなれていなかった。相変わらず、やさしいと損をするような気がしていた。うわべだけのやさしさで、夫を立てる妻を演じていた。

「そりゃ、わたしに解決できるわけじゃない。けど、いっしょに悩んでうろたえる相手だって、いないよりいいはずよ」

ようやく彼は、ほんの少し絹代のほうに顔を向けた。気がつけば絹代は、英夫の手を握りしめている。

わたしは、理想を勘違いしていたのかもしれない。やさしくなれる場所は、理想を積み上げた場所じゃない。

「あなたの弱いところ、教えてよ。ローンが払えないならマンション売ればいいし、引っ越そうよ。わたしだって働けるし、節約も得意なんだから」

「意外と、強いんだな」

「わたしの強いところ、もっと教えてあげる」

握り返された手を愛《いと》おしく思うと、もっと強くなれる気がする。やさしさは、弱さではなかったのだろうか。

「わたしには、あなたと玲奈がいるところしか、安らげる場所はないの。だから、何があってもいなくならないで」

あなたがなくした場所、おばあさんの家にわたしがなるから。

ごめんな。そう言った彼が涙ぐむ。泣ける映画だって泣かなかったのに。それも彼が人に見せられない弱みだったなら、はじめて、夫婦というものに近づけたような気がしていた。

携帯が鳴る。麻弥からだと、英夫と顔を見合わせたのは、母に関する何らかの予感があったのかもしれない。絹代が電話に出ると、麻弥の動揺した声が耳に飛び込んできた。

「お母さんが怪我《けが》をしたの！　すぐ来て」

「どこにいるの？」

「ここどこ？　わかんない」

麻弥らしくないくらいにうろたえている。神社からの距離や方角を冷静に確認する余裕もなさそうだ。

「怪我って、どんな怪我よ！」

「切られたの。知らない男に！」

＊

母をさがそうと、絹代と別れて神社を離れた麻弥は、パッチワークの布カバンを斜め掛けにしているだろう母の姿を思い描きながら周辺を歩いた。公衆トイレらしきものは見あたらず、コンビニに入った様子もない。どこへ行ったのだろうと道行く人に訊《たず》ねるうち、猫をあやしているおばあさんがいたとの話を得て、聞いたとおりの方向へ足を向けた。

狭い道の中ほどに、白っぽいものが落ちていた。暗くてよく見えないが、何だろうと思い麻弥が近づいていくと、かすかにうごめいた。猫だ。わずかな街灯の光に照らされて、白い毛にこびりつく血が目に飛び込んできて、麻弥ははっとして立ち止まった。

紬が、近所で犬や猫が襲われる事件が起こっていると言っていたことが頭に浮かんだ。ここは紬の住む千駄木からそう離れていない。それに紬は、山姥になった母が何かしたのではないかと不安がっていたではないか。

まさか、母が……。猫をあやすふりで近づいて？

そんなはずはない。母は誰にも、何に対してもやさしかった。でも山姥になったという母は、以前の母ではないかもしれない？

そんな想像をしたとき、何かの気配を感じ、麻弥は猫から視線を上げた。街灯の光から逃れるようにして、植木の隙間に立っている人影がある。目が合う。暗がりの中で、その両目と胸元に握りしめているものが光る。ナイフだ。

そう思ったとたん、人影が麻弥に向かって飛び出してきた。振りかざされたナイフに縫いとめられたようで、麻弥は動けなかった。

息を呑《の》んだ次の瞬間、人影がよろめいた。誰かが飛びかかり、体当たりしたのだ。状況を理解したときには、その誰かははね飛ばされ、道にうずくまるように倒れ込んでいた。

「……お母さん！」

パッチワークのカバンが目につくと同時に、麻弥は叫んだ。人影が逃げていく。麻弥の声に、近所の人が道路へ出てくる。救急車、と誰かが言う。麻弥はただ、母を助け起こそうとしながらサイレンの音を聞いていた。

腹部を刺されたものの、母の怪我は幸い深くはなく、内臓には達していなかった。病院で処置を終えた母は、二、三日入院することになったが、駆けつけた絹代にまず、借りたセーターを返そうとするくらいには元気だった。紬もすぐに、玲奈を連れて病院へやって来た。玲奈は少し眠そうだったが、パパとママの姿を見てうれしそうに駆け寄り、それから間もなく絹代のひざの上で眠ってしまった。

母の話によると、英夫を待っている間、神社で猫を見かけ、眉間に怪我をしているのに気づいて、放ってはおけないと後を追ったという。しかしその猫は身を隠してしまった。

そのとき、道ばたに屈《かが》み込むあやしい男が目についたのだという。男の手にはナイフが握られ、足元には傷ついた猫がいた。

そこで母は、顔を見てやろうと、物陰から機会をうかがっていたのだという。ところが男が暗がりに身を隠したとき、麻弥が現れ、猫に気がついた。そうしてあの顚末《てんまつ》になったということだ。

「おなかの脂肪、役に立つこともあるんやなあ」

母は笑おうとし、痛かったのか顔をしかめた。

「そうや、怪我した猫は……？」

「あのとき近所の人が、病院へ連れていくって言ってたから、きっと大丈夫だよ」

安堵《あんど》したように頷いて、また言う。

「絹代、セーターといっしょに、あんたに渡したかったもん入っとるで」

ひざの上の玲奈を英夫にあずけ、紙袋の中を覗き込んだ絹代は、そこに入っていた紙を取り出した。折り畳まれた紙は二枚ある。一枚目は画用紙で、昔絹代が描いた絵だった。カバンの絵だ。カバンの真ん中にはクマが描かれていて、それは当時絹代が大好きだったぬいぐるみの絵だった。

小学校の三、四年生だっただろうか。こんなカバンを作りたいと、絹代は絵を描いて、母に見せたことがある。仲のよかった友達が転校することになり、お別れに手作りのものをプレゼントしたかったのだ。

もう一枚の紙を開くと、パッチワークの型紙だ。母が、絹代の絵から型紙を起こしてくれたもので、それも絹代はおぼえていた。けれど、型紙のクマが絹代のイメージとは違い、ちっともかわいくなかった。それにパッチワークは、実際手を動かしてみると、単調な作業や気の遠くなりそうな工程の連続で、うんざりした絹代は途中でやめてしまった。

その、作りかけの中途半端な布きれも型紙といっしょに入っていた。

「麻弥に手伝ってもらうとええよ。あたしはしばらく裁縫できやん」

母の両手にはしっかりと包帯が巻かれている。相手のナイフを手で制したために怪我をしたのだ。

「……お母さん、こんなのまだ持ってたの？」

これが絹代の作りかけだと知っているのは母だけだ。取っておいたのも、母だからだ。

だったらこの人は、母に違いないのだろうか。手術のあとがないのに。

「玲奈ちゃんに、作ってあげたいんやろ?」

あのとき転校した友達には、手作りっぽいものを買ってプレゼントしたのだった。自分は昔から根気のない見栄《みえ》っ張りだった。いまだにそんなふうだから、玲奈をがっかりさせてしまった。

絹代が娘に与えられるものがあるとしたら、たぶん高層マンションでも名門小学校でもなく、絹代自身がこれまで積み重ねて得たものであるはずだ。母がパッチワークを娘たちに持参したように、絹代も、どんなに背伸びしようと自分が持っているものしか与えることはできない。

今度こそ、きちんと仕上げてみようと思い、絹代は頷いた。英夫に抱かれて眠っている玲奈に、もう少し待っててねとささやいた。

「絹姉が、パッチワークをする気になるとはね。昔教わろうとしたことがあったのも驚きだけど」

病院を出て、紬は麻弥と並んで歩いた。絹代の一家はタクシーを拾って帰っていった。

麻弥と紬は最寄り駅へと向かう。

「ていうか、麻弥ちゃんがパッチワーク得意だなんて知らなかったよ」

「わたしたちみんな、お互いのことほとんど知らない姉妹だよね」

麻弥の言うとおりだ。でも母は、パッチワークで三姉妹をつないだ。色柄の違う布を、強引に縫い合わせるかのように、仲の悪かった絹代と麻弥を。そして紬も、麻弥にパッチワークを教わろうかと思っている。

「ねえ紬、お母さんはさ、わたしたちが山姥から害を受けないようにって、パッチワークを持たせようとしたわけでしょう？　それって、山姥にならないようにって意味もあるわけよね。わたし、お母さんとパッチワークのおかげで、山姥にならずにすんだのかもしれないって気がするんだ」

「山姥になりそうだったの？」

問いながらも、紬も自分の後ろ暗い部分を思い浮かべていた。

「人としていけないこと……、本当にひどいことをしそうになってた。ううん、実際にはしてしまったんだけど、パッチワークに救われたのかなって思う」

無実の人を盗撮魔呼ばわりしたことがあると、麻弥は言った。

紬も同じではないだろうか。間違いを犯しそうになっていたとき、進む方向を変えることができたのは、母のパッチワークに正されたからだ。母が来て、パッチワークに再会して、偏見から少しだけ自由になった。

「山姥になるっていうのは、やっぱり人としていけないことをしたっていうか、人と鬼との境界をまたいじゃうようなことなのかな。だったらお母さんは……、何をしたんだろうね」

母は、昔の母ではない。どうしてそうなったのかという核心は、やはり山姥にあるのだろう。

山姥は、女の神秘性と抑圧されてきた部分を象徴するような存在だとか、柳川が言っていたような気がする。だから女神であり鬼でもある。人に思いがけない幸運をもたらすこともできるが、残酷で恐ろしい面もある。母はずっと、自分を抑え込んで家族のために尽くしてきた。今の、山姥だという母が、従順な母の鏡像なら、抑圧してきたはずの恐ろしい鬼になると同時に、娘たちに幸運をもたらす力も得たのかもしれない。

家を出て、行方をくらませて社会と縁を切った母は、娘たちが山姥の領域に近づくことがないようにとお守りを手渡した。それは山姥になった母にとって、たぶん、娘たちと縁を切ることでもあるのだ。

「山姥は、お母さんを食べたのかな。わたしたちの、本当のお母さんを」

紬はそんなことをつぶやいていた。そうして、あながち間違っていないのかもしれないと感じていた。

「あのお母さんは、だからお母さんのこともわたしたちのことも何でも知ってるけど、やっぱり山姥なんじゃないかな。お母さんを呑み込んでしまった、鏡像のほうのお母さん」

「鏡像？」

「絹ちゃんに聞かなかった？　あの人は、お母さんにあるはずの、虫垂炎の手術あとがないんだって」

麻弥の足が止まる。紬は数歩先に進んでから気づいて振り返った。

「ちょっと待って、……じゃ、お母さんじゃないってこと？　わたし、聞いてないよ」

「麻弥ちゃんは、お母さんだと疑ってなかったみたいだから言いにくかったのかも。でも、手術あとだけで別人だって言うには、あの人はお母さんに近いんだ。わたしたちのことも、ちょっとしたできごとも、お母さんと同じくらいよく知ってる。背格好も声も、雰囲気だって似てる。顔は、最初は違うように感じたけど、だんだんわからなくなったくらい、お母さんに近いでしょう？　だから鏡像。ねえ、ナイフの傷、おへその左側を縫ったのよね。虫垂炎のとき縫いあとができたお母さんと、合わせ鏡になったのよ」

手術あとがなかったことを、麻弥ははじめて知ったようだ。混乱するのも無理はない。しかし紬は、自分の中で折り合いをつけつつあったのだ。

「だからあれは、鏡像のお母さん」

道の先には駅が見えていた。ホームの明かりが浮かび上がって見える。まだ歩き出そうとしない麻弥は、怒っているようだった。

「別人なら、お母さんじゃないよ」

だまされている、そう思えば紬もうろたえたし腹が立った。でも、自分たちが母と認めたものもあの人の中にはある。断片でも、それが自分たちにとっての母だ。母のすべてを知ることはなかった娘だから、すべてが母でなくても母だと、麻弥もじきに認めるだろう。

「わたし、そうは思わないな。お母さんの代わりに来ただけで、お母さんの意志が働いてるなら、あの人がお母さんでいいような気がするの」

「意志が働いてるかどうかわかる？」

「でなきゃ、わたしたちのところへ来る理由がある？」

麻弥はまだ憮然《ぶぜん》としていたが、反論はしなかった。駅の手前にある踏切が鳴る。

「あ、もうすぐ上りの電車が来るみたい。麻弥ちゃん、先行くね」

こくりとだけ麻弥は頷いた。

＊

昨日は暖かかったのに、また急に寒くなった。社屋の裏手にある喫煙スペースには、寒くても暑くても、思い思いに人が集まる。たわいもない話をし、ひとり仕事に戻っていけばまたひとり現れる。ごま塩頭の課長を麻弥が見送ったあと、現れたのは事務の元ヤン娘だった。

麻弥があげたタバコ入れを取り出し、うれしそうににっこり笑う。

「使ってくれてるんだ？」

「友達に自慢しまくってます。どこに売ってんのって訊かれるから、ないしょって」

色違いのケースを脇に置きつつ、ベンチに並んでタバコをふかす。通りかかった同僚が、「姉妹みたいだねえ」と茶化していく。姉妹かあ、とつぶやきながら空に向かって煙を吐く。

「友達みたいにいろいろ話したりしないのに、いざとなると友達よりも近かったりする……。面倒だよねえ」

「小峰さん、妹さんがいるんでしたっけ」

「いるよ。姉もいる」

「へえ、じゃあ、姉の気分も妹の気分も知ってるんだ。お得っすね」

「ま、お得かもね」

これまではずっと、損をしてきたように思えていたのに、そんなふうに答えている自分に驚く。母に手術あとがないことを、ゆうべはずいぶん考え込んで、眠れないに違いないと思っていたのにぐっすり寝た。なぜなのか、麻弥自身にもよくわからない。紬も絹代も、母が別人かもしれないことに、さほど考え込む様子がなかったことを思えば、麻弥も同じような状態なのだろうか。

いったいどういう心理状態なのか、自分でも理解できない。

「ねえ、山姥っていると思う？」

それも、答えを求めるでもなく問う。

「ヤマンバですか？　そういえば、一時期あんなにいたのに、絶滅しましたよねえ。あ、でもまだ渋谷《しぶや》に生息してるとかいう噂《うわさ》も」

「母がね、山姥になったんだ」

「はじけたお母さんっすね」

「うん、わたしもう、理解できないよ」

「でも、自由でいいじゃないですか。なりたいものになればいいと思うんですよ。歳とか関係なしに」

嚙《か》み合ってないはずの会話でも、思いがけず相手の言葉がすとんと胸に納まる。母は、ひとりになってようやく、生きたいように生きているのだろうか。

元ヤン娘はもう一本タバコを取り出そうと、ケースを手に取った。

「それね、わたしが作ったんだ」

麻弥が言うと、彼女は驚くでもなくにやりと笑った。

「そんな気がしてました」

「ばれてたか」

「小峰さん、わりとかわいいもの好きじゃないですか。メモ帳とか、文具がぜんぶかわいいし。根はかわいい人なんだろうなって」

人からかわいいなんて言われたのははじめてだった。そうして、いいものだなあと思うのだ。以前の自分は、そう思われないよう気をつけてきた。趣味のパッチワーク同様、自分の恥ずかしい部分だったし、恋人には嫌われてしまう原因だった。

「うれしいな。かわいいって言われると、うれしいものなんだね。たとえ三十半ばでもさ」

なのに、不思議と素直にそう言える。彼女の人柄のせいだろうか。それもあるだろうけれど、麻弥自身の変化でもある。

結局、あの母が本物でもにせものでも、麻弥が母によって解放されたことに変わりはないらしい。

絹代も、紬もそうなのだろう。

タバコを消して立ち上がったとき、また別の人影が喫煙所に現れた。パートの女性は、しかし喫煙に来たわけではなく、麻弥を見つけて手招きした。

「小峰さん、ああいたいた。お客さんが来てるよ」

事務所へ顔を出すと、そこにいたのは警察の人だった。昨日、病院で事情を話したので顔はおぼえている。名前は忘れたが、今のところ思い出す必要はなさそうだ。その人は小さく会釈して、麻弥を外へと促した。

「犯人は男で間違いありませんよね？」

昨日、動物を切りつけたうえ母に怪我を負わせた犯人について、母と口をそろえて麻弥はそう言った。暗くて顔はよく見えず、相手はフードをかぶっていたが、体格からして男だったと思う。

「このハサミ、現場に落ちていたんですが、お母さんのものですか？」

ビニール袋に入ったハサミを、警察官は麻弥に見せた。糸切りバサミだ。持ち手のところに布を巻き付けて、握りやすいようにしている。昔から母は、よく使うハサミをそんなふうにしていた。

「母のだと思います。パッチワークが趣味なので、裁縫セットはいつもカバンの中に。犯人ともみ合ったときに落としたのかもしれません」

「ですね。それとも、とっさに武器にしようとしたか。ともかく、ここに残されていたふたりぶんの指紋のうち、一方が思いがけない人物のものでした」

麻弥はわけがわからずに、彼の次の言葉を待つ。

「前科のある人物です。その人がお母さんの知り合いなら不思議はないんですが、そうでないなら犯人のもので、何かのひょうしにハサミを触ったのかもしれないと思いまして。ただ、指紋の人物は女性なんです」

「……前科、ってどんなことを」

「殺人罪で服役していました。じつは、仮出所したものの連絡が取れなくなっています。中里照美《なかざとてるみ》という人で、六十四歳、小峰文子さんと同い年ですが、お母さんのお知り合いでしょうか？」

そんな人と母が知り合いだなんてあり得ないと麻弥は思う。しかし警察は、昨日の犯人だけでなく、思いがけずハサミから指紋が見つかった中里照美もさがしているということだろう。

「そのこと、母には訊いたんですか？」

「病院にうかがったのですが、痛みがあるとかで薬で眠っているところでした。そばにいらっしゃったお姉さんにも話しましたが、わからないということで」

「指紋って、いつついたものかわかるんですか？」

「少なくとも、中里照美の指紋は最近です。いちばんくっきりとしていました」

最近母に、その人が近づいた？　東京へ来て、母はひとりでふらりと出かけることもあった。もしかしたらその人とは知り合いで、会いに行ったことがあったのだろうか。

それとも……。麻弥は考え込み、浮かんだことを否定するように頭を振った。

「知らない人にたまたまハサミを貸すとか、拾ってもらうとかもあると思うんです。喫茶店や公園でパッチワークをすることもあるみたいですから」

「お姉さんもそう言ってました」

絹代も同じ考えなのだと安堵しながらも、同時に麻弥は、絹代は知らないだろうことを思い出してもいたのだ。

たしか麻弥は、高校生だった。テレビを見ていた母が、ぽつりと言ったことがある。

『あの子、山姥になってしもたんやな』

何のことかと思った麻弥が画面をちらりと見ると、ワイドショーだった。そうだ、ニュース番組ではなくワイドショーだった。女優が起こした事件を紹介していたが、高校生にとっては興味のある芸能人ではなかった。若者向けのテレビドラマには出ていなかったのだろうし、中年女の、痴情だの金銭問題だの、いかにも下世話でバカらしかった。だからすぐに興味を失ったが、母がテレビを見ているのもめずらしく、芸能ニュースに興味を示したなんてそのとき以外に記憶がない。

人が山姥になったなどと、母が口にしたのもそのときだけだ。

もしかしたら母は、その人と知り合いだったのだろうか。

「あの、中里照美さんって、どんな人だったんですか？　仕事とか」

「以前は、女優として活躍していました」

動悸《どうき》を悟られないよう、そっと呼吸をして、麻弥は芸名を問うた。そんなことを訊くのは、何か心当たりのある証拠だととられただろうか。しかしその警察官は顔には出さず、「風戸《かざと》るみ」と教えてくれた。

6　けっして覗いてはいけません

　その日の夕方までに、麻弥は風戸るみという名前をネットで調べたが、わかることは少なかった。映画や演劇のタイトルがいくつか出てきたが、どれも主演というわけではなく、麻弥が知っているような作品でもない。しかし演技力には定評があったらしく、演技派女優と紹介している文章は少なくなかった。

　見つけた写真は、撮影された年代からすると彼女が四十代のものだろうけれど、もっと若く見えるし、ぱっちりした目の美人だ。しかし役柄によって、雰囲気ががらりと変わる。風戸るみという名で見つかった数枚の写真が、どれも本当に同じ人物かどうか、麻弥だけでなく絹代も紬も怪しんだくらいだ。

「この人が、人を殺したの？」

　紬は不安そうだった。ハサミから、前科のある人物の指紋が出てきただなんて、ましてやその人が母の知り合いかもしれないとなれば、当然のことだろう。絹代にも緊張感が漂っているし、麻弥も同じだった。

「女優が人を殺したって事件、話題になったのはおぼえてるわ。でもそんなに有名な人じゃなくて、知らないなあって印象。それに、ありがちな男女のいざこざで、驚くような事件でもなかったような」

絹代の記憶にはあるようだが、紬はもちろんおぼえていなかった。

母を見舞いに行く前に、待ち合わせたカフェで三姉妹は顔を寄せ合う。周囲が騒がしいのは幸いだが、大声で話せることではない。

「うん、そんな感じ。被害者の男性はパトロンのようなもので、るみさんに援助をしていたんだけど、演技が評価されて少しずついい仕事が入るようになっていたるみさんは、素行のよくない男が近くにいてはイメージが悪くなるからと、彼の援助も交際も絶つことにしたわけ」

「素行が悪かったの？」

「その男性、いかがわしい店を経営してたりしたみたい。そうしたら逆に男に脅迫されて。女優としてやっていけなくなるような写真をばらまくとかって」

「それで……、事件に？」

「ま、週刊誌の記事とかだから、どこまで事実かわからないんだけど」

風戸、いや中里照美は、その後刑務所に入っていたが、仮釈放中に姿を消した。今のところわかっているのはそこまでだ。

「この人、お母さんとはどういう知り合いなんだろ」

紬が言うと、絹代が疑問を口にする。

「いつどこで知り合うのよ。この人、東京都出身なんでしょう？」

女優時代のプロフィールにはそうある。

「そんなことより、わたしが引っかかってるのは……」

麻弥は、しばし悩んだが意を決して言葉を続けた。

「絹姉、お母さんにあるはずの手術あとが、今のお母さんにはないのよね？　だったら、あのお母さんは誰なのか、ってことになると思うんだけど」

絹代も紬も、考えないようにしてきたのだろう。しかし麻弥の言いたいことはわかっているのか、表情を引き締めた。

「昔の照美さんの写真と、今のお母さんの写真、耳の形が似てない？」

「……うーん、似てるかもしれないけど、顔は似てないよ」

そう言うが、紬だって今の母が事実として手術あとのない別人だとはわかっているはずなのだ。

「照美さんはお母さんと同い年でしょ。写真よりずっとおばあさんになってるだろうし、お母さんくらいに太れば雰囲気も変わるよ。目の腫れぼったいところとか、ところどころ整形してるんじゃないかと思う。それに、演技派女優だよ。動作の雰囲気や話し方を似せることも、わたしたちの前でお母さんを演じることもできるかもしれないじゃない」

三人で、しばらく顔を見合わせた。誰もそれを笑わなかったし、否定もしなかった。

「で、でも、何のために？　そこまでする理由がある？」

それは麻弥にもわからない。

「紬、お母さんの意志であの人が現れたんじゃないかって言ったよね。それが正しいなら、あの人はお母さんに頼まれたのよ」

母が姿を消した理由も、もしかしたら今の居場所も、知っているかもしれない。

「頼まれたって整形までする？」

「想像もできないけど、つながりがあるのは間違いないよ」

「そうね。わたしたちのこと何でも知ってるんだもん。お母さんが話したのよね。パッチワークを持って行くように頼んで」

絹代も、現実に目を向けようとしているようだ。

「ねえ、あの人に確かめよう。本当のことを話してほしいって、三人でお願いしようよ」

しかし紬は、はっきりさせたくないようだった。

「わたしは、このままでいいと思う。お母さんはたぶん、本当のことを調べてほしいとは思ってない。あの人がお母さんの思いを運んできた、それでいいじゃない。あの人は、麻弥ちゃんを守ろうとして怪我《けが》をしたのよ。お母さんだからよ」

わからないわけじゃない。麻弥は最初から母だと思っていたし、本心を解き放ったのも彼女が母だったからだ。少なくとも、母の思いに触れたことを麻弥は疑っていない。それでも、本当のことを知りたいと思うのだ。

「とにかく、お見舞いに行きましょう。面会時間が終わっちゃうわ」

顔を見れば、何を話すべきかわかるかもしれない。麻弥はそう思いながら、姉と妹とともにカフェを出て、向かいにある病院へと向かった。


目の前にすれば、やはり母がそこにいるように感じた。糸のように目を細めて笑い、体を丸めてちょこんと座っているのは記憶どおりの母だ。

「もう、たいくつやわあ。この手じゃパッチワークできやんし」

包帯を巻いた両手をうらめしそうに見る。

「痛みはどう？」

「だいぶええよ」

どう切り出そうか、麻弥は迷うけれど、病室にいる母は、どういうわけか今までになく幸せそうなのだ。麻弥が知る、家にいたころの母よりも、上京して最初に会った母よりも、満足げに見える。怪我をしたというのにそんなふうなのは、娘たちに届けるべきものをすべて届け終えたからだろうか。

もしそうなら、この人が母でなくて何だというのだろう。

麻弥が考え込んだところへ、新たな訪問者が現れた。昼間、麻弥のところへ来ていた警察官だった。

「犯人がつかまりましたので、お知らせに」

ひょろりとして無表情な警察官は、いい報《しら》せなのにひどく淡々としていた。

「本当ですか?」

「ほかの、動物を傷つけた事件についても認めています」

「よかったなあ。これで紬も安心して暮らせるわ。やあほんとに、おまわりさんのおかげやわ。おおきになあ」

母はうれしそうに、警察官に頭を下げる。しかし彼は、にこりともせず母のほうに顔を向けた。

「ところで小峰文子さん、中里照美さんというかたをご存じですか? あなたのハサミから彼女の指紋が出てきたんですが」

麻弥が問うのを迷っていたことを、警察官があっさりと訊《き》いた。

さあ、と母は首を傾《かし》げ、知らないと思うと答えた。

「中里さんは、小学四年生のとき、あなたと同じ学校へ転校し、中学の三年まで同級生だったはずです」

昼間の麻弥には教えてくれなかった情報だ。麻弥たちは三姉妹で顔を見合わせた。

「はあ、おぼえてないですねえ。あたし、友達がおらへんもんで、いっつもひとりぼっちでした。あたしの家は村から少しはずれたとこでしてね。祖母が助産婦やったんですが、家が山の中なのと、当時からお化け屋敷なんて言われるくらい古くてねえ。級友には、祖母のことを山姥《やまんば》って言われて、うちの井戸には胎児がほうってあるとか、祖母は死産の赤子を食べるとか、怪談のネタ話にされてばかりやったんです」

それは母の、本当のことだろうか。麻弥は母の子供のころをほとんど知らない。絹代も紬も同じだろうけれど、今の話の中で聞いたことがあるのは、母の祖母が助産師だったというところくらいだ。

「中里さんは東京の生まれですが、父親がいなくて、母親とその故郷に戻っていたんです。しかし母親は彼女を置いて家を出ていき、ひとりになってしまったため、親戚に引き取られてまたその町を去りました。その後はひとり上京し、働きながら演劇の学校に通っていたそうです」

「はあー、演劇ですか」

母はさも別世界の話を聞くように感心していた。

「女優として働いていたものの、知り合いの男性を殺して金銭を奪い、十数年服役しました。ところが仮釈放中に、獄中結婚をした夫のもとから姿を消したんです。ご存じないでしょうか？」

「あたしは何も」

「中里さんも、母親の実家にいた当時、親しい友達はいなかったようですね。殺人で逮捕されたとき、マスコミがその人となりを取材しようと古い知人をさがしましたが、興味本位にあることないこと吹聴するか、親しくなかったというそっけない人ばかり。美人で成績もよく、目立っていたようですが、家庭では顧みられていなかったらしいです し、淋《さび》しかったことでしょうね」

それは、麻弥の目の前にいる彼女自身の話だろうか。細い目を見開くようにして聞いている、その目が潤んでいるように見えた。麻弥ははらはらした。古傷をえぐるような警察官の言葉は残酷だ。警察はきっと、彼女に疑いを持ってこんな話をしているのだ。

「思い出しませんか？」

「そうですねえ、さっぱりですわ」

「ハサミの指紋に心当たりは？」

「はあ……、外でパッチワークしとると話しかけられることもありますし、うっかり落として拾ってもらうこともあったんとちがいますかなあ」

のんびりとした受け答えはいかにも母だ。目の前の女が誰なのか、目の前にしているほどわからなくなっていく。

「念のため、あなたの指紋をとらせていただけますか。ハサミについていたもうひとつの指紋と一致するかどうか調べたいのです」

「無理です！」

紬が急に、かばうように身を乗り出した。

「母は手を怪我してるんです。傷が治るまでは指紋をとるなんて無理です」

「もう犯人はつかまったんだし、その照美って人も母とは無関係なんですから、母の指紋は必要ないじゃないですか」

絹代も擁護する。警察官はふたりを交互に見て、それから麻弥にも視線を向けた。

「小峰文子さんの血液型は、O型と診断されていますね。昨日、お嬢さんたちから輸血ができなかったそうですが」

麻弥も、絹代と紬もはっとした。母の血液型は知らない。けれど麻弥はAB型なので、母がO型だというのは考えにくいのではないか。昨日は看護師に、娘さんなら輸血が必要になったときお願いするかもしれないと言われ、それぞれに血液型を訊かれた。結局輸血は必要なかったから、警察官ははったりで麻弥たちの反応を見ているのかもしれないが、O型だというのが本当なら、ここにいるのはやはり母ではない。

けれど麻弥も、警察官と母のあいだに割り込む。

「昨日は、輸血はしなくても大丈夫だって先生が判断したんです。できなかったわけじゃありません」

「そうよ、だいたい、何が言いたいんですか？」

「この人はわたしたちの母です。娘が三人ともそう言うんだから、これほどたしかなことはないでしょう？」

三姉妹が一致団結したことが、これまでにあっただろうか。口々に言うと、警察官はあきらめたのか帰っていった。

肩の力が抜けた麻弥は、これでよかったんだとしみじみ感じた。母でも、母でなくても、自分たちはたしかに、この人に会って母の思いを受け取った。たぶん、紬の言うとおりなのだ。

＊

母が来て、ひと月も経《た》っていないのに、紬はひとりきりのワンルームを淋しく感じるようになっていた。畳まれた布団でも場所をとっていて、ベッドとテーブルのあいだに敷くと足の踏み場もなくなるのに、置いてあるとほっとするのはどうしてだろう。テーブルに広げられたパッチワークをじゃまくさいと思わなくなったのはいつからか。

そうして、明日には退院することになっている母のことを考えた。指を怪我しているのでは、いろいろと不自由だ。炊事ができないから、紬がごはんを作らなければならない。風呂にも入れないだろうから、紬は母に言った。当分は、わたしが髪を洗ってあげるから。

赤ん坊になったみたいやねえ。母はうれしそうに笑っていたから、すべてが元どおりになるかのように錯覚していた。母を母だと信じて、このまま親孝行ができるかのように錯覚していたのだ。

退院の手続きと母を迎えに行くために、紬が会社を早退して病院を訪ねたとき、母はもういなかった。自分で精算をし、丁寧に挨拶をして出ていったそうだ。もしかして千駄木のマンションへ戻っていないかと急いで自宅へ帰ったが、姿はなかった。絹代と麻弥にも報せたが、どちらのところにも母からの連絡はないままだ。結局、置き手紙さえなく唐突に、母はいなくなってしまったのだ。

翌日、紬の足は自然と神田へ向かっていた。古書泉風堂のドアをくぐると、カウンターに黒縁メガネの男が見える。それだけで紬の、乱れた心は鎮められる。

「いらっしゃい」

そう言った柳川は、紬の様子がいつもと違っていたからか、黙ってバックヤードに招いてくれた。未整理の本に囲まれたわずかなスペースに、執筆用のデスクがある。柳川は折り畳み椅子を開いて座らせ、コーヒーを淹《い》れてくれた。そうして、紬が口を開くのを待っているかのように、自分も黙ってデスクの前に腰をおろす。

「犯人、つかまったんです。犬や猫を傷つけてた人」

どこから話していいかわからず、紬は思いつくままにそう言った。

「文子さんじゃなかったんですね」

「母は、その犯人に怪我をさせられました」

「えっ、本当ですか？」

「深い傷ではなくて、三日で退院したんですが、いなくなってしまいました」

「……そうですか」

「母は、やっぱり別人だったんです」

病室での、警察官とのやりとりはのらりくらりとかわしていたが、あのとき彼女は、もう母を演じ続けることはできないと思ったのだろうか。

「でも、わたしたちは、はっきりと母を否定したり、問いつめたりはしていません。なのに昨日、ひとりで退院して、そのまま……」

目を閉じて、柳川は深く考え込んだ。

「正体を知られた異界のものは、ただ立ち去るのみ。昔話のセオリーですね。あくまで彼女は、山姥として現れた。あなたがたに別人だと気づかれたからには、山姥として去るべきだと考えたのではないでしょうか」

「じゃあもう、二度とわたしたちの前には現れないということでしょうか」

「もういちど会いたいですか？　それは、お母さんではなかったその人に？　それとも本当のお母さんに？」

そうだ、どちらに会いたいのだろう。そんなことすらわからないまま、喪失感が重くのしかかっている。

「東京に現れた母は、たぶん、中里照美という人です。女優だった人で、母とは小中学校が同じだったらしいんです。警察の人が言うには、照美さんは家庭環境に恵まれず孤独で、当時も友達はいなかったとか。母のほうも、わたしの知る限り、幼なじみや友達の話を聞いたことがないし、話し相手はご近所のおばあさんばかりでした」

柳川に話しながら、紬は、くしゃくしゃに丸めて胸に詰め込まれた喪失感を、きちんと畳み直そうとしていた。この先も持ち運んでいかなければならない荷物なら、ずっとくしゃくしゃのままでいいわけがない。

「そんなふたりが同級生なら、本当に接点はなかったんでしょうか。性格はまったくちがうし、気が合うとは思えませんけど、孤独な者どうし、声をかけ合うとかそういったことは……。そう、本当は仲がよかったんじゃないかと思うんです。でなくて照美さんに、母を演じる必要があるでしょうか。子供たちの前にまで現れて、それもみんなに、母との関係をやり直すかのような機会を与えて……。頼まれたってなかなかできることじゃないでしょう？」

コーヒーの入ったマグカップは、紬の両手をあたためていた。紬はようやくコーヒーを一口飲んだ。それを待っていたかのように、柳川は言った。

「もしかしたら、文子さんと照美さんは、ふたりで同じものを背負っているのかもしれませんね」

「同じ……、何をですか？」

「たとえば、罪悪感のようなものとか……。山姥の領域に踏み込んでしまったと考えるような何かです」

中里照美は、はっきりした罪を犯しているが、母はどうなのだろう。照美の事件は東京で起きた。母が関与しているとは思えない。

「あやふやなことを、あなたに話していいものかどうか、迷いました」

柳川はそんなふうに切りだした。

「僕は、あなたのお母さんを知らない。僕が見かけたその人が、どこの誰なのか、想像で語るのはよくないし、あなたを混乱させるだけだろうと」

「見かけた？　母をですか？」

「わかりません。ただ、文子さん、いえ、照美さんですか？　彼女に雰囲気がよく似ていて、姉妹か親戚なんだろうと思っていました」

鈴鹿の山で迷ったとき、柳川は、夜になって小さな明かりを見つけ、必死の思いでそこへ向かおうとしたが、途中で明かりを見失ってしまう。斜面で足を踏み外し、何メートルか転がり落ちたのだという。全身に痛みをおぼえながらも、上の道へよじ登ろうとしたがうまくいかず、途方に暮れて力の限りに叫んだところ、火を灯《とも》した提灯《ちょうちん》を手に年輩の女が現れた。

懐中電灯ではなく提灯だ。まるで昔話の世界に紛れ込んだかのような状況で、その老女は、助けを求める柳川に条件を出した。今から、この山を出るまでに見たものごとは、誰にも話さないこと、と。

「話していいんですか？」

以前に山で迷ったときの話をした柳川は、このことを言わなかったのだ。約束を守っていたのだろうに、今は話そうとしている。

「山姥が消え去ったなら、その力の影響も消える、というのも昔話のパターンですが。それはともかく、あなたにならお話してもいいと思うんです」

そう言って、話を続ける。

柳川は約束をし、老女とともに痛む全身にむち打って獣道を歩いた。彼女の家にたどりついたあとは、そのまま倒れたのか記憶がないという。夜が明けて気がつくと、小さな民家にいて、布団に寝かされていたが、体中が痛んで二日間はほとんど動けなかったそうだ。骨折はなく打撲だけだったようで、不幸中の幸いだった。

彼を助けたのは、小峰文子と名乗る女性だった。同時に自分を山姥だとも言った。その家には電話がなく、ひどいあばら屋だったが、電気やガスは通っているようで、かろうじて人の住める家にはなっていた。柳川は携帯をレンタカーに置いたままだったため、どこにも連絡ができずにいたが、テレビはあったので、少なくともそこが彼の見ている幻覚ではないと安心できたそうだ。

最初は文子がひとりで暮らしていると思っていたが、はうようにして手洗いへ行ったあと、歌声が聞こえた。廊下の角にある部屋に目を向けると、破れた障子の向こうに人影があった。誰だろうと、好奇心に駆られて覗《のぞ》き込んだときには、文子のように見えたが、どうにも様子が違う。少女みたいに楽しそうに歌っているのは、文子と同じように白髪交じりの髪を三つ編みにした老女だった。

似ているけれど、別人だった。彼女は、ひざの上に布を広げ、縫い物をしているようだった。歌いながらひたすら縫っているのは、パッチワークだ。歌も、パッチワークについて思いつくままの言葉をリズムに乗せている。ときおり歌をやめ、顔を上げて誰かに話しかける。しかし部屋にはほかに誰もいない。

「それに、言葉は支離滅裂で、僕は、亡くなった祖母のことを思い出しました。認知症で、そんなふうでした」

「……その人は、認知症だったんですか？」

「今になって思えば、というだけですが。僕が見かけたのはそのいちどだけで、翌日にはいなくなっていました。それからすぐに文子さんは、僕に東京へ連れていってほしいと切り出しました。山姥だからひとりで山を下りられないというのですが、不思議とそんな言葉も、人里離れた場所では違和感がないものなんですね」

それに、彼女は人目を避けるかのようにまだ暗い夜明け前に家を出て、あたりが明るくなるころにはレンタカーを置き去りにしていた場所にたどりついたため、柳川にはどこかこの世ではない場所を行き来したかのように思えたのだという。そう信じたわけではないけれど、彼女が本当に山姥だとしても、そういうこともあるかもしれないという感覚だったそうだ。

「パッチワークのおばあさんは、何度も同じフレーズを繰り返していました。絹の三角、麻の四角、紬のまる、みんな、つないでつないで……」

紬の脳裏に、パッチワークをする母の姿が浮かんだ。それはワンルームの片隅で背中を丸めていた照美でもあり、実家の小部屋にこもっていた若き日の母でもあり、柳川が見ただろう母の老いた姿でもあり、記憶の中のどの母も、そんな歌を口ずさみはじめるのだ。

「生地のことなら、なぜ絹、麻ときて紬なんだろうと思っていましたが、紬さんに会って、それからお姉さんたちのことを聞いて、もしかしたらと思いました」

いつでも、静かに針を動かしていた母の胸の中には、ひとつの歌があった。娘たちへの歌だった。

「母です……、その人はきっと」

あふれるもので、紬の視界がぼやけた。

「生きていたんですね？」

どうして急にいなくなったのか。わかったような気がして、紬は深くうなだれた。マグカップにぽとりと涙が落ちる。

「認知症だなんて、まだ六十代なのに」

「若年性認知症というのもあるそうです」

「……自分で気づいていて、わたしたちの前から姿を……」

娘たちの今を、自分のことで煩わせまいと思ったのだ。故郷と母を否定して、新たな生活をはじめた娘たちを、引き戻してはいけない。それがきっと、母の願いだった。

「すみません、紬さん。僕は、あなたがたにとっても、文子さんや照美さんにとっても、よけいな存在です。なのに、隠し事や口出しや、いろいろ混乱させてしまいました」

柳川もずいぶん悩んだことだろう。口止めされたとはいえ黙っていたことへの罪悪感から、紬に助言をしてくれたのかもしれないし、本当のことを話してくれたのも迷った末だ。

「いいえ、柳川さん。母は、母と照美さんは、あなたを巻き込んで迷惑をかけたのに、そのうえわたしまでいろいろ頼りにしてしまって……。だけどわたしは、柳川さんに感謝しています。母を、連れてきてくれてありがとうございました」

紬はどうにか顔を上げて、柳川をまっすぐに見た。涙で化粧がくずれ、ひどい顔をしているに違いなかったけれど、柳川にはちゃんと言いたかった。

「あなたでなければ、わたしは山姥の話をする母を理解できなかった。照美さんから、母の思いを受け取ることはできなかった。柳川さんがいてくれたおかげです」

それからつい、言うつもりのないことまで言ってしまう。

「わたし、柳川さんに会えてよかった。柳川さんを好きになれて……」

自分の声が耳に届くと同時に、言った言葉を理解して、紬ははじかれたように立ち上がった。

「あのっ、すみません。それじゃあわたし、失礼します！」

あたふたしながら、気がつけば古書泉風堂から駆け出していた。マグカップを手に持ったままだった。

絹代の住むマンションに、パッチワークをするために三姉妹が集まったのは、母が姿を消してすぐの、週末のことだった。母がひとりで退院したことは、紬はすぐに絹代と麻弥に伝えたが、ふたりとも予感があったのだろうか、短い言葉で受け入れた。紬は、ほんの少しだけ姉たちよりも自分は、母に執着しているのだと感じていた。

母と離れてからの、時間の差だろうか。それとも末っ子で、姉たちとは違い母を独占して育ったからだろうか。母の愚鈍なところ、不器用で野暮ったいところには、苛立《いらだ》ちながら過ごしてきたけれど、日焼けしてしみだらけの、ぷくぷくと脂肪のついた腕に育てられた。そのことを愛《いと》おしく思う自分に、今さらながら気づいて、胸が痛む。

せめて母を理解しようと、麻弥に教わりながら、紬も絹代とともにパッチワークに集中した。

＊

型紙を作り、はぎれから小さな四角形や三角形を切り取っていく。絹代でも難しくないように、クマの模様はアップリケにすることを麻弥は提案する。同じ図形を組み合わせるにしても、並べ方や布の取り方、色柄をどんなふうに使うかで、まったく違うものが出来上がるのがパッチワークだ。自分でやってみると、単調な作業などではないことがわかる。デザインを決めるだけでも、紬は迷ってしまってなかなか先へ進めない。麻弥にアドバイスを受け、色や図形を絞って決めることにする。

四角と四角を縫い合わせるごとに、縫い代を規則正しく倒し、アイロンで折り目を付ける。正方形を四つ並べて大きな正方形にする。繰り返せばどんどん大きな布地になる。あるいは三角形ふたつで正方形にしたものを、ひとつ置きに入れてみると新しいパターンが現れる。きちんと縫わないと、形が合わなくなってくるから手を抜けない。水玉と縞模様《しまもよう》を交互に、それだけでも見飽きた生地が新鮮に生まれ変わる。紬はうれしくなる。これを襟とそでに縫い付けたい。白いシャツがとくべつなものになるに違いない、なんて考えれば、どんどんイメージがわく。

玲奈も楽しそうに手伝っている。厚紙を切り抜いた型を布に置き、チャコペンシルでなぞるのだ。人懐っこい女の子で、先日留守番を引き受けた紬はもちろん、麻弥ともすぐ馴染《なじ》み、よくはしゃいでいた。

英夫は、知人に会いに出かけているという。仕事を紹介してもらえそうだということだ。それでも収入がかなり減るため、マンションは手放さねばならない。

「これからわたしも仕事をさがして、玲奈は保育園に入れなきゃならないし。今の友達と別れるのはかわいそうだけど、パパとママと三人で力を合わせるんだってことはわかってくれたみたい」

これからが大変なのは間違いないが、絹代は明るかった。

「玲奈ちゃんならすぐに新しい友達ができるよ。ねえ」

玲奈に顔を近づけると、「うん!」と元気な声が返ってきた。

「だといいな。とにかく、わたしたちがしっかりしなきゃって気持ち」

「ねえ、ここ禁煙?」

タバコを取り出しながら言う麻弥は、絹代の話には無関心なようでいて、とても心配しているがゆえに落ち着かないのだろう。

「あたりまえじゃない。ベランダへ行ってよ」

舌打ちしつつも、麻弥は喫煙をがまんすることにしたのか、作業を続けた。そして紬が縫っている布に目をとめる。

「紬、何そのはぎれ、野菜柄! えらく野暮ったい柄じゃない?」

「うん、そこが妙に気になって。こっちはスプーン模様、ってのもすごいでしょ。これ、お母さんが近くの商店街の激安ワゴン品を買ってきて着てたブラウスなんだけど、置いていったの」

「着替え、置いていったの?」

こっちで買ったものは、何ひとつ持っていかなかった。照美は、来たときと同じだけの荷物を持って姿を消した。もう彼女に返す機会はないだろう。けれども、いかにも母が着そうな柄のブラウスは捨てるに忍びなかった。

「お母さんがよくパッチワークに使ってた布って、どうしてこうもダサイんだろうってものばかりだったよね」

「服の趣味もね」

「それも、こんなふうに三角とか四角とか、パターンを作って縫い合わせるわけじゃなくて、余った切れ端までとことん使ってた」

いびつな布をただ重ね、無計画に縫い合わせたようなものも少なくなかった。それはそれで、柳川と見た襤褸《らんる》にも通じる、布への愛情だったのだ。

「紬、その生地わたしにもわけて。この花柄、いまひとつピンとこないんだ。そっちの変な柄のほうがしっくりくるかも」

麻弥は、プリントの生地にこだわってパッチワークを作ろうとしているようだ。これまでは無地を使うことがほとんどだったというから、新しい作品作りに挑んでいるのかもしれない。

「ダサイけどいいの？」

「いいねえ。これはないでしょって布が、すっごくよく見えるパッチワークにしたいな」

「でもねえ、野菜柄よ？　ピーマンにカボチャにナス……。イチゴとかリンゴとかならかわいげもあるのに」

絹代は、野菜である意味がわからないとつぶやく。

「そこは腕の見せどころよ。いろんな布といっしょになると、不思議と魅力的に見えたりするんだ」

「そういえば昔、お母さんが言ってたことがあるな」

手を止めて、絹代はまだ小さな正方形を三つ縫い合わせただけの布を見つめた。

〝大きな幸せはなかなか手に入らへんけど、小さな幸せをいっぱい集めたらええやん？小さなはぎれで、どんな大きなものでも作れるんやで〟

「そうそう、それでわたし、転校する友達にパッチワークを作ってあげようと思ったのに、結局無理だったんだ。……今ごろ思い出すなんてね。ずっとおぼえてれば、わたし、もっと早くだいじなことに気づけたのに」

母がパッチワークをする理由は、それだったのだろうか。

「……そんなふうに、お母さんは日々を送ってたのかな」

小さな幸せをひとつひとつ、つぎはぎにして。

「だったら、幸せだったの？」

「でも、わたしたちみんな親不孝だったと思ってた」

「うん、あの家にいることが不幸だと思ってたよ」

「お母さんが不満を言ったの、聞いたことがなかったね」

「つらいとか、感じてなかったのかな」

するとと麻弥が、ふと思いついたように言う。

「ねえ、絹姉は知ってた？　生まれなかった男の子のこと。わたしのひとつ上の」

「えっ、それってわたしの弟ってこと？」

絹代は知らなかったようだが、紬だって初耳だった。

「もしかして、仏壇のお地蔵さん……」

「うん、そう。……お母さんは、男の子は産めないと思ってたみたい。山姥に食べられるなんて思い込んでた。そう言ったのは照美さんだけど、お母さん自身の言葉だと思うんだ。実家のおばあさんが産婆で、生まれなかった子供を見てきただろうし、なんていうか、どうにもならないことがあるのは当然で、山姥なんて人智《じんち》の及ばないものにゆだねていたのかも」

静かに運命を受け入れて、クズ布のような小さな幸せを集めることに、淡々と精魂を込めていた。母にとって、思いどおりにならないことは不満でもなんでもなく、たぶん、そういうものだった。

「弱いから、自己主張できないんじゃなくて……」

「がまんして、言いたいことも言えないのがお母さんだと」

「そういうのってバカみたいだと思ってたよね」

最初は、どこか避けるようにしていた母の話題だが、いつのまにか堰《せき》をきったように、三人は口々に語っていた。

紬は、胸に詰まっていたことを思いきって言ってみた。

「ねえ、お母さんに、会いたくない？」

絹代も麻弥も驚いたようだった。照美が去ったときから、母が去ったと理解したふたりは、行方不明の母のこともあきらめたのだ。以前にいちどあきらめたのと同じように、きっともう見つからないと思っている。

間違ってはいないだろう。母はもう、娘たちの前に現れるつもりはなかったからこそ、照美に託したのだと思う。けれど紬はまだ、納得しきれない。

柳川が見た女性が母ならば、このまま何も知らずにいていいのだろうか。

「……どこにいるの？」

「わからない」

「さがすってこと？」

山姥になったら何もかも忘れてしまうと、母になりきった照美が言っていた。それは母が認知症だったからだろうか。もう人里には戻らないというのも、変わってしまうことを自覚していた母の意志だろうか。

母の心は、遠い場所へ向かったのだ。自分が歩んだ人生を、忘れてしまうほどの山奥へ。

「たとえ会えなくても、お母さんのいる山へ行って、お母さんのことを考えてみたいの」

母が何を考えていたのか、どうして山姥になったなんて言うのか、そして、もうひとりの母を受け入れてもいいのか。

母に少しでも近づけるだろうか。

そうしたら紬は、母が現れたことで変わった自分自身の、新しいデザインを形にできるような気がする。

母と過ごして浮かんだアイディアを、急いで提出するのはやめようと思った。

シーズンは、次もその次もある。ゆっくりあたためて、未来の自分にとっても納得できるものにしたいから、母を知りたい。それは紬自身が、自分を知ることでもあるだろう。

「紬がそうしたいなら、いっしょに行くよ」

針を動かしながらの麻弥は顔も上げないけれど、紬の言葉をやさしく受け止めてくれるところが母に似ている。

「そうね、いっしょに行こう。三人で」

おだやかに微笑《ほほえ》むとき、絹代も母に似ている。紬も、容姿だけではなくどこか、内側も似ているに違いない。

＊

バスを降りた照美は、ゆっくりと道の端を歩いた。田畑のあいだを縫う道は、山からの風がさえぎるものもなく吹き抜ける。あぜ道にぽつんとある梅の木に、淡い色の花が咲いているのを見つけなければ、土がむき出しになった田んぼに春の兆しを感じることはできないだろう。

風に巻き上げられそうなマフラーを、しっかり結びなおした照美は、黒く染めたショートボブに大きなイヤリングをゆらしながら、背筋を伸ばして歩いていく。サングラスにタイトスカート、足元はロングブーツ。おばあさん、と呼びかけられても不思議ではない年齢に、そんなファッションの女がめずらしいのか、通り過ぎる車の中で振り返る人もいる。

田んぼの向こうに横たわるのは、薄青い山の峰、それらが見下ろす場所に、懐かしくもあり目を背けたくもある故郷がある。

連なる山々は、どこまでも続く壁のようで、照美はいつも、この世ならざる世界から見下ろされているかのように感じていた。

そんな山々のそばで過ごした子供時代を、人生から切り取ってしまえたらどんなにいいだろう。けれども切り取ってしまえないからこそ、文子は山姥という存在に自分を重ねたのだ。それは照美も同じだった。

やがて田んぼの合間に立派な建物が見えてくる。ホテルか病院のように見えるそこには、特別養護老人ホームと案内板がある。

照美は建物へ入っていくと、見学を申し出た。高齢の母親がひとり暮らしをしているので、このままでは心配だと適当な話を持ち出すと、職員は、なかなか空きがないと言いながらも施設を案内してくれた。

文子をひとりタクシーに乗せ、行き先にこの施設の住所を書いた紙とお金を持たせたのは、東京へ発《た》つ前のこと。身元不明の認知症患者である彼女を、ここが引き受けてくれたかどうかはわからないが、よそへ移すにしろ手続きに時間がかかるだろうから、まだここにいる可能性はあった。

「わたし、東京でパッチワークの教室を開いているんです。母もパッチワークが好きで、いろんなことを忘れても、縫うことだけはまだできるんですね」

照美は、ロビーに飾られているパッチワークのぬいぐるみに目をつけてそう言った。

「ここでも手芸教室はありますよ。そういえば、パッチワークをするかたが最近いらっしゃって。はぎれを渡すとずっと縫い物をしてらっしゃいます」

文子だ。そう確信しながら、照美は話題を引っ張る。

「あら、お仲間がいれば、母もうち解けやすいでしょうね。どんなかたなんですか？」

広間に案内してくれた職員は、その片隅で縫い物をしている女性を視線で示した。

「ふみちゃん、と呼ばれています。正確なお名前はわからないんですが、ご自分でそうおっしゃるので。認知症で、気の毒なことに身元がわからないんです」

「まあ、そうなんですか」

ちょうどいいタイミングで、案内の職員が同僚に呼ばれた。照美は彼女と話したいと言い、了承を得てそっと歩み寄った。

「フミちゃん、ステキなパッチワークね」

白髪交じりの髪を三つ編みにし、背中を丸めて熱心に針を動かしていた彼女は、ふっくらした頬にやわらかな笑みを浮かべていた。

陽《ひ》の差し込む窓辺のテーブルで、型紙もパターンもなしに、ひたすらはぎれを縫い合わせている。

絹の三角、麻の四角、紬のまる、みんな、つないでつないで。

照美には聞き慣れた、そんなフレーズをつぶやいている。文子と向かい合うように腰掛けて、照美は、テーブルに置かれた四角い缶に目をとめた。文子がはぎれを入れるのに使っている古いあられの空き缶だ。彼女にとって大切な布ばかり入っていると聞いたことがある。そこからはみ出したはぎれを、照美はそっとつまみあげた。

「フミちゃん、あの子たちに会ったわ」

聞いているのかいないのか、文子は手を止める様子もない。しばらく離れていたから、照美のことを忘れてしまったかもしれない。それに、今の照美は髪型も服装も違う。

文子と再会して二年近くになるが、最初のころにくらべて認知症の状態は進んでいたし、そろそろ照美のこともわからなくなることがあった。その一方で、「テルちゃん、東京へ行かな」と何度も言うようになり、これ以上は東京行きを引き延ばせないと照美も考えたのだった。

「あなたのパッチワーク、受け取ってくれたわよ。フミちゃんに似て、根はやさしい子たちじゃない。わたしも、娘を持ったかのように思えたわ」

照美は、三人の娘たちのことを思い浮かべた。文子の記憶がまだそれほどあやふやではなかったころから、娘たちのことは事細かに聞いていた。文子になりきって演技をするために、絹代や麻弥、紬のことを、小さいころからどんな子だったか、どんなふうに成長したかをなぞるように記憶した。少しずつ忘れていく文子の代わりに、いや、照美が文子と家族のことをひとつ知るごとに、文子の中からそれが消えていくかのようだった。

今はまるで、自分の中に文子がいるみたいだ。目の前にいる彼女は抜け殻で、その魂を呑み込んだ自分は、ふたり分の人生を経験している。

照美には得られなかった、家族や子供を持つ人生を経験した。文子になりきって抱きしめた娘たちは、照美の正体に気づいてさえ、母として受け入れてくれた。

「子供を持つことはできなかったけど、つかの間、お母さんになれたわ。ありがとう」

ふと、文子が視線を上げた。照美をまっすぐに見て、目を糸のように細める。

「テルちゃん、泣かんといてえ」

はっとして、照美は潤んだ目をこすった。

「……わかるの?」

「そりゃあ、あたしたち、親友やん?」

二年前に再会したときと、同じ言葉を彼女は口にする。あのときも、五十年ぶりだというのに文子はすぐに照美だとわかった。照美自身も、文子がおさげの中学生のまま老女になったかのように見えたのだ。

「ごめんね、あなたも、山姥にしてしまった」

「山姥はええよ、自由やもん」

「そうね……、そうかも」

仮釈放になったあと、照美は文子に会いに行った。刑務所に届いた手紙、文子から来たのはそのいちどだけだったが、文面が気になってしかたがなかったからだ。

〝あたしはもうすぐ、いろんなことを、テルちゃんのこともみんな忘れてしまうでしょう。だから心配はいりません。どうかお元気で〟

文子は、照美が隠し続けた事実を知っている唯一の人間だ。照美が人を殺した本当の理由、その秘密をいっさい語らなかったからこそ、文子からもれてしまわないか心配していると思ったのだろう。

手紙にあった住所は、子供のころに照美が彼女と過ごした土地ではなかった。県内だとはいえ、照美のよく知らない地名で、調べてみると鈴鹿山脈の北端に近い場所だったが、文子は名字も変わっていたし、そこが嫁ぎ先だろうことは想像できた。それに、夫を亡くし、子供たちも独立してひとり暮らしだとあったので、会いに行っても迷惑にはならないだろうと思ったのだ。

訪ねていくと文子は、子供のころとそう変わらないような山あいの集落に住んでいた。昔、自分たちが住んでいたのは、山脈の南端だったことを思うと、文子はこの山々から宿命的に離れられなかったのだろうか。古い小さな家の周囲には、ひとりで野菜を育てているのだろう畑があり、手が回らない場所は草が生え放題になっていた。日ごとに日差しがきつくなっていく時季で、蟬《せみ》がうるさいほど鳴いている中、文子は畑でキュウリを収穫しているところだった。

文子は感激してくれた。お互い、再会をよろこび、泣いて抱き合った。そのときはまだ、文子におかしなところは感じられなかった。茶の間へ入ったとき、ハエが多いのが気になった。台所のほうを覗くと、文子がやかんを火にかけながら、絶えずハエを手で払っている。照美は深い段差をまたぎ、かつて土間だったのだろう台所へ足を踏み入れた。

よどんだような、いやな臭いがした。見回すと、片隅に置かれた段ボールの中で、キュウリやトマトが変色し、つぶれかかっている。ハエがたかり、汁が段ボールや床に染み出しているのもわかる。

「ちょっと、これ腐ってるじゃない！」

声をあげる照美に、何事かという顔で文子は振り返った。

「まだ食べられるんよ」

平然とそんなふうに言う。

「何言ってんの。捨てなきゃ」

「テルちゃんがそう言うなら」

子供のころと同じように、照美が強く言えば文子は頷《うなず》いた。ビニールの袋に野菜を捨てようとすると、ぱっとハエが舞い、照美はクーラーもない室内で鳥肌が立つのを感じていた。

いちど異変を察知した照美は敏感になった。次に見つけたのは日めくりカレンダーだ。

四月のままになっている。はっとして、部屋の中を見回す。人様の家で失礼だなどと考えている場合ではないと思った。文子が手紙に書いていた、忘れるという意味が急に明瞭になり、勝手に戸棚を開けさえした。

病院の袋に入った薬が、いくつも詰め込まれていて、開けたとたんなだれ出てきた。日付を確かめると、新しいものでも一年近く前だ。

「フミちゃん、病院へ行ってないの？　これ……、あなた病気なんでしょう？」

「病院？　ああそう、そろそろ行かないかんなあ」

ずいぶんのんきに聞こえるが、文子の心の中は、けっしておだやかなものではなかっただろう。

「なあテルちゃん、あたし、山姥になりかけとるみたいや」

急に、怯《おび》えたようにそう言った。

「山姥？」

やかんが湯気を立て、ふたがカタカタと鳴っている。文子が気にする様子もないので、照美が急いでコンロの火を消す。

「どうしたらいいん？」

昔と同じ、頼りなげで心細そうな声。照美はこんな文子が嫌いだった。鈍くさくてつまらない子。いじめられてもへらへら笑ってる。そう思っていたけれど、文子は強かった。照美は、これまでに会った人間で、文子ほど意志の強い人を知らない。

「山姥って、どういうこと？」

「いろんなこと、わからへんようになってきて。自分のことも、今がいつかも、ときどきようわからへん。ちょっとずつ人じゃなくなって、山姥になっていくんやってことだけはわかるんよ」

「娘さんには連絡したの？」

冷蔵庫を開けてみると、いっぱいにものが詰まっていた。とりあえずいろんなものを買ってきてしまうらしい。車の運転は大丈夫なのだろうか。ひとり暮らしは限界にきているのではないのか。

「ううん、娘に、山姥になったあたしは見せたない」

仏壇の花はまだ新しい。奥の小部屋を覗くと、縫いかけのパッチワークがある。日課として続けているのか、放置されているのか、それを見ただけではわからなかったが、パッチワークは何よりもしっかりと文子の頭にこびりついているのだと、そのときの照美はまだ知らなかったのだから当然だろう。

「だけど、それは病気なのよ。山姥のせいじゃないわ」

「お医者さんはそう言うけど、テルちゃんならわかるやろ？　あたし、山姥になる運命やった。時期が来たっていうだけや。でも、……怖い」

「だったら病院へ……」

「ううん、あたしのことやない。娘ら、あたしの血をひいとるけど、ぜったい山姥にはなってほしない。そやでな、テルちゃん、お願いや。助けて」

昔、照美は文子に、助けてと言ったことがある。後にも先にもその一度だけだ。文子はそのとき、全力で助けてくれた。照美はまだ、彼女の友情に酬《むく》いていない。

「お守りを渡さないかんの。テルちゃん届けてくれへん？」

山姥の話を、昔から文子は信じているところがあった。それは地域の人が道ばたの地蔵の御利益を信じているくらいのものだが、彼女にとって山姥は、そのくらい身近で、恐れもすれば敬いもする存在だったのだ。それに子供のころ、文子の祖母は近所の子供たちに山姥と呼ばれていた。どことなく、風貌が恐ろしかったこともある。と同時に産婆という職業が、生死を操るかのような、子供にとって恐ろしくも神秘的なものだったからだろう。

「届ければいいの？」

「テルちゃんお芝居が上手やん。ほら、役作りっていうん？　太ったり痩せたりして、歩き方や言葉遣いも変えて、別人になりきるやんか。あたしになって、あたしの代わりに娘らにお守り届けてくれへん？」

何を言い出すのだろうと思った。けれど、照美には不可能なことではない。どんな役柄だって演じられる。だからこそ、文子はこんなことを思いついたのではないか。

「わたしがフミちゃんになったら、フミちゃんは、それからどうするの？」

「山へ行く。山姥になったら、人の里にはおれやんで」

「フミちゃんは山姥じゃないわよ。……山姥になったのはわたし」

テルちゃんならわかる、と文子がさっき言ったとおり、彼女が山姥になる運命だったと考える理由を、照美は知っている。

「あのときのことは、わたしのためだったじゃない」

子供のころは、照美にとっても山姥はけっして昔話の存在ではなかった。山へ入って行方不明になった子のことが、まだ伝説と言うには身近な事件として語られることもあり、山姥にさらわれるからと子供を戒めることも少なくなかった。悪い子は山姥が連れていって、跡継ぎにするという話もあった。だから文子の言うことは、たとえ話だと思えば理解できる。たぶん彼女は、姿を消すつもりなのだ。娘たちの前から、この家から。

「ううん、あたし、テルちゃんを束縛したようなもんやった。あのときは、これでずっとテルちゃんはあたしの友達でいてくれると思とった」

「違うわ。わたしは、フミちゃんを利用してるつもりだったんだから。何でも言うことをきいてくれるからって、都合よく友達のふりをしてたのよ」

文子だって気づいていただろう。いっしょにいても、照美は、いかにも文子を見下した態度だった。

「でも、こんなところまで来てくれたやん」

刑務所に届いた、忘れるという手紙を読んで、今さらこんな話を持ち出すなんてどういうことだろうと思ったからだ。文子の生真面目な性格はよく知っているが、中学生だった文子と、今の彼女は違うかもしれない。忘れると強調するのは、まだ忘れてはいないという脅迫の意味を含んでいないだろうか。悪意を持って秘密を暴露しても、もはや堕《お》ちるところまで堕ちた照美にはスキャンダルにもならないが、けっして触れられたくない自分だけの秘密、墓場まで持っていくつもりのことだった。

結局、文子を信用していなかったからここへ来たのだ。

そんな自分に嫌気がさすと同時に、照美はその場に座り込んでいた。

「わたしにはもう、フミちゃんしかいないから」

自然に口をついて出た言葉も、けっしてうそではない。罪を犯した自分を、犯罪者でも元女優でもなく、ただの中里照美として受け入れてくれるのは彼女だけ。だからこそ、文子の本心を確かめにきた。

文子も座り込んで、照美の手をしっかりと握った。田畑の仕事で荒れていても、ふくよかな手は、あたたかく照美を包み込んでくれる。彼女の目は菩薩《ぼさつ》のようにおだやかに細められている。

「お守りなあ、パッチワークなんさ。山姥が悪さできやんように。山姥があの子らを守ってくれるように」

それから照美の、役作りがはじまった。もう舞台を踏むことはないと思っていた。でもこれは、今までにない大役だ。そして、最初で最後の主演になるだろう。観客は文子の三人の娘。そして、親友のために演じる、とくべつな舞台だ。きっと成功させる。

しばらくして、照美は文子とともに、文子の婚家であるその家を出ようと計画した。仮釈放中の照美は、この役にすべてを注ぐことに決め、規則を破っている。所在を明らかにしておかなければならないのに、誰にも告げずに文子のところへ来た。行方をくらませているも同然で、見つかればまた収監される。近所の人とはあまり顔を合わせないようにしていたが、それでも限界があるだろう。文子も、ここを出たいと考えていたようだ。

娘たちに黙って家を出ることについて、文子の胸が痛まなかったとは思わない。ただ、ずいぶん前から、山姥になって山へ行くというイメージははっきりしていたらしく、ひとり暮らしが困難になるなら静かに姿を消そうと考えていたのではないだろうか。

終《つい》の棲家《すみか》と決めていた、と文子自身がいくらか頭のはっきりしているときに語ったのは、彼女の実家のある場所だった。照美もその場所はよく知っていたが、まだそこに建物はあるのだろうか。

照美が文子と知り合ったころ、すでに彼女には母親が亡く、祖母と父親と暮らしていたが、父親は文子が結婚する前に家出をし、祖母は文子の結婚を見届けるように亡くなったそうだ。彼女の生家は、いまだどこにいるのかわからない父親のものになっているらしいが、それならおそらく、誰も手をつけずに残ってはいると思われた。

照美は、実際に建物を確かめて、くずれそうなボロ家を住める程度に修繕した。家主の遠い親戚だと自分を騙《かた》った。村の人は、ほとんどがすでに代替わりしていたが、文子を知っていた人もいて、彼女の名前を出せば、疑いもなく照美を親戚筋だと信じてくれた。

そうして、山々に実り豊かな秋が訪れるころ、小峰文子は自宅を出ると、ふだんのように近所の人に挨拶をし、キノコを採りに行くと話し、そのまま戻らなかった。

山の中で待っていた照美は、彼女の普段着を着替えさせ、観光客を装いながらバスやタクシーを使い、鈴鹿峠にほど近い文子の生家へ連れていった。

それからの一年半、照美は文子になりきるために、彼女についてあらゆることを知ろうとした。可能な限り文子自身に訊《たず》ねたが、しだいに文子も思い出すのが難しくなってくると、家族のアルバムや日記も見た。何よりも、文子自身を観察し、話し方や癖をまねるのが肝心だった。

照美は太るようにも努めた。刑務所で小耳にはさんだ美容外科医を訪ねて、目元や口元も似せた。

幸い、かどうか、身長は昔も今も同じくらい、声質も子供のころから似ていて、そうでなければ当時、照美は文子の存在を認識することはなく、お互い言葉を交わすことはなかっただろうし、今もかかわりはなかっただろう。そのほうが、お互いに幸せだったかもしれない。

けれど、少なくとも照美は、文子という友達に救われたと思っている。だからこそ、これから文子を助ける。

ほんのわずかでも、ふたりを近づけるものがあったのは運命だ。だから、ふたりして山姥になるのだ。

文子に残された時間は長くはない。彼女の記憶は刻々と薄れていく。忘れる前に、娘たちを守ったと実感させてやりたかった。

文子は、自分が母親として未熟だったことを自覚していて、それ故に娘たちが傷ついたまま大人になったと心配していた。愛情を与えきれなかったから、娘たちは母親を否定して去っていった。けれど、自分が価値のない人間だと思わないでほしい。間違った思い込みが、ただの女が山姥になるきっかけになってしまうから。

文子も、照美も、愛されない人間だった。そんな思い込みから逃れられなかった。せめて娘たちが同じ過ちをおかさないように、彼女は自分の愛情を、パッチワークに託して届けたかったのだ。

文子の願いをかなえ、安心させてやりたい。たとえ、彼女が間もなく何もかも忘れてしまうとしても。

文子の記憶を取り込むほど、それが照美の願いにもなった。

7　山姥と三姉妹

古書泉風堂で店番をしていたのは季名子だ。紬を見るなり親しげに手を振る彼女は、カウンターから出てきてスマホの画面を押しつけるようにして見せた。先日のパーティで撮ったもので、紬が柳川といっしょに写っている。そういえば、季名子がノリノリで撮っていた。

「紬さんに送ろうと思ったんですけど、アドレスがわからなくて。よかったら教えてください」

季名子とアドレスを交換することに異論はなかったが、さっそく送られてきた写真を見ると、なんだか複雑な気持ちだった。柳川の視線が、カメラを構えた季名子に向けられている。やさしげな笑みをたたえている。ふだんの無表情とは違うのは、季名子が視界にいるからなのかと思うと、紬はかすかに胸が痛む。

「柳川さんにも送ったんだけど、反応なしですよ。紬さんと楽しそうに話してたところだったから、盗み見されたみたいで恥ずかしかったのかな」

季名子には、柳川の笑みが紬との会話の流れによるものに見えたようだ。いったい季名子のほうは、柳川をどう思っているのだろう。

「あのう、季名子さんは彼氏とかいるんですか?」

唐突な質問になってしまったが、口に出てしまったものはもうしかたがない。不思議そうな顔の季名子を見つめ、紬は返事を待った。

「彼氏ですか? 夫ならいますけど」

「えっ!」

「公務員で、コスプレの趣味もないんですよ」

柳川ではないようだ。というか、もちろん柳川も知っているのではないだろうか。とすると、彼も片想《かたおも》いを……。考え込んでいると、季名子は戸口のほうに振り返って声をあげた。

「あ、柳川さん、おかえりなさい。店を開けっ放しで外出するのはやめたほうがいいですよ」

「いやあ、つい。すぐ戻るつもりで」

ぼさぼさの頭をかきながら、柳川が姿を見せる。紬を見てもふだんと変わらず、「いらっしゃい」と言ってくれたことにほっとしながら、紬はしっかりお辞儀をした。

「エッセイ集のゲラを持ってきました」

今日の季名子は店番のためにきていたわけではないらしい。

「ああ、すみません」

「あらためて読み直したんですけど、やっぱりこれ、おもしろいですよ。柳川さんらしい味わいがじわじわきてて、昆布飴《こんぶあめ》みたいです！」

「昆布飴、ですか」

「じゃあ、わたしはこれで！」

不思議な勢いで季名子は去っていった。いるだけでその場にある何もかもを歓迎するかのような彼女は、去っていってもまだ紬をほのぼのとした空気で包んでくれていた。

「季名子さんは、ステキな女性ですよね」

だから素直にそんなことをつぶやいている。

「ええ、そうですね」

柳川の表情がほんの少しゆるむのにも、かみしめるようなしっかりした返事にも、彼の気持ちがこもっている。でも不思議と、嫉妬心は起こらない。うらやましいというか、あこがれに似た気持ちがあるだけだ。

「さっき、写真をもらいました。このあいだのパーティの。柳川さんにも送ったって言ってましたけど……」

ツーショットだなんて迷惑ではなかっただろうか。そんなことを訊《き》きそうになった自分に気づき、あわてて言葉を飲み込む。

どんな写真のことか、柳川は考えていたのかもしれない。彼が黙っている間に、紬は言いたいことを言ってしまおうと、急いで付け足した。

「このあいだ、わたし変なことを言いました。忘れてください。それからこれ、すみませんでした」

紬が差し出した紙袋には、マグカップが入っている。紬がつい持ち帰ってしまったマグカップだ。これを返さなければと、気まずいのをこらえてここまで来たのだ。

「ああこれ、わざわざすみません」

「お詫《わ》びに昆布飴を買ったんですが、お嫌いでなければ」

カップといっしょに入れておいた飴の袋を取り出し、柳川はしげしげと眺める。

「あのっ、偶然です。季名子さんも昆布飴なんて言うから驚いて」

「僕のイメージなんですかね」

「ええと、懐かしくて味わいがあって、なんとなく食べたくなってしまって」

何を言ってるんだろうと自分でもつっこみたくなる。

「ありがとう。じゃあ遠慮なく」

淡々とした口調なのに、受け入れられている気がするのは、柳川の人柄だろうか。彼がありがとうと言ってくれるなら、うわべだけでなくうそ偽りのない言葉だという気がする。そんなだから、マグカップを渡したらさっさと帰ろうと思っていたのに、どうしても紬はいろいろ話したくなってしまうようだった。

「あの、わたし、これまでは、人のうわべしか見てこなかったような気がします。だけど、柳川さんや季名子さんには、とてもだいじなことを教わりました。あ、忘れてくださいと言いながら変なんですけど、柳川さんに感謝してることは間違いなくて……」

「お母さんですよ。あなたに何かを教えたとしたら」

それから柳川は、カウンターの奥にある引き出しを開け、地図らしきものを取り出した。

「よけいなお世話かとも思ったんですが」

その地図には赤いしるしがつけられていて、すぐそばに〝鈴鹿峠〟の文字が目についた。

「夜明け前で暗かったですし、正確かどうかはわかりません。でも、いろいろ思い返してみると、僕がレンタカーを置いて山道へ迷い込んだのは、このあたりなのは間違いないと思います」

レンタカーのある場所までは、照美とふたり徒歩で戻ったのだという。しかし一時間以上は歩いたそうだ。

「それからこれ」

と彼は店のロゴが印刷されたビニール袋を差し出した。

「文子さんがいた家にあったものです。照美さんがこれにミカンを入れて僕にくれたので。近くの店なんじゃないでしょうか」

大きなチェーン店ではなさそうだと柳川は言った。ネットで調べてもわからなかったようだ。

「文子さんがまだあのときの家にいるわけではないと思いますが、近くにはいるかもしれません。照美さんが、誰かに彼女をあずけた可能性がありますから」

会えなくても、せめて母がいた場所へ行きたいと紬は絹代と麻弥に主張した。柳川は、紬の気持ちを見抜いている。

「ありがとうございます。姉たちと、いちど行ってみようと話してたところなんです」

柳川は静かに頷《うなず》いた。

「紬さん、山姥《やまんば》は、本当にいるのかもしれませんね」

そうしてやはり静かに、思いがけないことを言うのだ。

「いえ、けっしてオカルトめいた話ではなく、僕自身も、あなたのお母さんに会えたことの意味を考えずにはいられないんです。偶然、といえばそうなんですけど、山姥というキーワードがなかったら、あなたとこんなふうに話をする機会はなかったでしょう」

紬が柳川を頼りにしたのも、柳川が母に興味を持ったのも、山姥になったという言葉からだった。

「どうして僕だったんでしょう。照美さんは、東京の地理には詳しかったはず。なのにどうして、僕に案内を頼んだのでしょう。思いすごしかもしれないけれど、照美さんではなくて、もっと別の意思というか、山が僕を迷わせ、あの場所へ導いたかのような一連のできごとが、この東京でも続いているみたいな気がするんです」

「山姥の意思ですか？」

紬がそう言うと、柳川は我に返ったように小さく頭《かぶり》を振った。

「おかしいですよね。冷静に考えれば、照美さんが僕に東京への同行を頼んだのは、僕がよけいなことを、あの山の家で見たことを、吹聴しない人間かどうかしばらく観察したかったということころでしょう」

中里照美は仮釈放中だ。自分が誰なのか知られるわけにいかないし、柳川が不審に思っていないか観察したのだろう。それに、都会に不慣れな演技は、紬に母だと信じ込ませるためにも役立った。

でも、柳川は別の意味を感じている。山姥の意思なんて表現してしまうと現実的ではないけれど、たぶん、彼が体験したことは、ただ道に迷って、老女に会ったというだけのことではないのだ。

「じつは、個人的なことなんですが、紬さんのお母さんかもしれない女性は、僕が見かけたときに、こちらに気づいて話しかけてきたんです。まるで彼女は、僕が誰だか知っているかのようでした。もちろん、誰かと勘違いしていたのでしょうし、言葉の本当の意味はわかりません。でも僕は、あのとき一瞬、自分なりの意味を感じてしまいましてね」

〝あれまあ、えらい大きなって。よかったなあ〟

母に、死産だった息子がいたことを、紬は麻弥から聞いた。柳川を見て、母はその子のことが頭に浮かんだのではないかと思ったが、それは紬の解釈だ。柳川は、老女が誰か知る由もなく声をかけられた。向こうが一方的に、自分のことを知っているのかもしれないと考えたことだろう。

「あのとき僕は、顔もおぼえていない母親のことを思い浮かべたんです」

母親を幼いころに亡くしたと、前に彼はそう言っていた。柳川は目を伏せた。

子供のころ彼は、母親は山奥にいるのだと思い込んでいたという。会えないのは、山姥が母親を連れていったからだと、祖母がものわからない子供に言い聞かせたことが、頭にこびりついていた。

だから、人里離れたボロ家に住む女が山姥のように思えたとき、そこで縫い物をする紬の母は、彼にとって顔もおぼえていない母親に重なったのだ。

「あの人が母であるわけがないのはわかっていましたが、母に声をかけられたかのようで。そのために、山をさまよって助けられて、あの場所へたどりついたのではないか。

何かに招かれて。そんな気がしたんです」

　山はつながっている。母なるものもつながっている。個人を越えたもっと大きな母が、山に棲《す》んでいる。

　だから紬の母は、柳川に声をかけた。あるいはもう幻覚と現実の区別がつかなくなっている頭の中で、自分の息子だと思い語りかけたのだとしても、母の周囲では、みんな生きている。幸せになっている。

「紬さん、帰ってきたら、またここへ来てくれますか？」

　柳川は言う。紬は驚きながらも、自分の気持ちは迷惑ではないのかもしれないと、うれしいような安堵《あんど》がこみ上げてくる。

「来ても、いいんですか？」

「お母さんのこと、気持ちに整理がついたら、僕に会う用はなくなってしまうかもしれませんが、また会いたいと思うんです」

　奇妙なきっかけで会った人と、まだつながっている。これも、母が山姥になったしるしなのかもしれなかった。

＊

　照美が文子の存在を意識したのは、転校して二年も経《た》って、小学校の六年生になってからだった。それまでは、まるで視界に入っていなかった。よくよく思い出せば、いつも教室の片隅に、ぽつんとした影があったかもしれないというくらいだ。

当時、六年生は市内の合唱コンクールへ出るという決まり事があり、児童数の少なかった照美の小学校は、全員が参加しなければならなかった。舞台に並ぶときは背の順で、たまたま照美は文子の隣になった。それだけならやはり視界に入らなかっただろうけれど、ひとりずつ順番に歌わされたとき、文子の歌声に驚いた。直前に歌った照美と不思議なほど似ていたのだ。

ふだんぼそぼそとしゃべる文子に対し、照美のはきはきした口調はあまりに違っていて、それまで誰も声が似ているとは思わなかったようだ。歌い方が似ていたので、なおさら声も同じように聞こえたというのはあるが、照美にとっては不愉快だった。

文子が意外と歌がうまいということも、照美を不愉快にした。そんな照美の気分が周囲にも通じたのか、取り巻きが文子を呼び出し、テルちゃんのまねをしないでと詰め寄ったようだ。

それから文子の歌う声は小さく自信なげになり、先生がいくら以前の彼女をほめても変わらなかった。

文子と照美のそんな小さな接点は、みんなはすぐに忘れたが、照美はおぼえていた。

文子はぽっちゃりした少女で、眠そうな奥二重のまぶたに、重い感じのする前髪がかかる。背中に垂らした三つ編みも太い縄のようで、外股でのろのろと歩く。照美は彼女のどこにもまるで魅力を感じられなかった。あんな少女と、自分にひとつでも似ているところがあるなんて許せない。そう思うほど、どうしても視界に入るようになった。

照美は、学年でもいちばんの人気者だった。東京から転校してきて、おしゃれだとみんなに言われたし、ぱっちりした目やつややかなロングヘアも、すらりとした手足も注目のまとだった。教室の片隅にいる目立たない同級生と共通点があるなんて、侮辱的だとさえ思っていた。

教室の中で、文子はきたないと揶揄《やゆ》されることもあり、彼女の持ち物をバイ菌扱いするような児童もいた。少なくとも照美は、そういった行為を子供っぽくてバカげていると思っていたが、だからといって文子を好きにはなれなかった。

学年があがるごとに、照美のかわいらしさは大人びた美しさに変わり、成績がよかったこともあり、周囲がますます子供っぽく見えてしかたがなかった。文子を見下していたのと同様、無意識に、友達を小馬鹿にするような態度になっていたのかもしれない。

そんな照美が学校をサボりがちになったのは、中学校へ入って間もなくだ。友達とも距離を置いた。小学校のときはあれほど人気者だったというのに、急に周囲が手のひらを返したようになり、生意気だとか女王様気取りだとか言い出した。ひとりが言い出せば、誰かが同意する。ドミノ倒しのように広がっていく。仲間はずれにされることが多くなっていたのだ。

誰も友達なんかじゃない。みんな大嫌いだ。そう思った照美は、誰とも口をきかなくなっていたし、話しかけられても攻撃的になるばかりだった。

学校にとけ込めなくなったのは、しかし友達関係のせいばかりではない。

もともと照美には父親がいなかった。母親は東京で商売をしていたが、うまくいかなくなり、実家へ戻ってきた。東京オリンピックをひかえた高度経済成長の最中《さなか》にあって都落ちした母親は、単に男に捨てられたのだったが、詐欺にあって店をとられたなどと言って故郷で同情を買おうとしていた。

母親の生家には、照美の祖父にあたる人が住んでいたが、疫病神のようなある男が現れてから、しばらくして亡くなった。

男がどこから来たのか照美は知らない。土地の人間でないのはたしかで、母親が働く居酒屋へときどき現れるようになり、そこからふたりが親密になるのに時間はかからなかった。母親よりかなり年下だった男は、照美の家に居着くようになり、母親の稼ぎだけでなく祖父の年金にまで手を出した。とがめられると暴力を振るった。母親は、男を失いたくないばかりに、いっしょになって自分の父親に手を上げるようになった。照美の祖父は、ずいぶん前から持病があったが、病院へ行くお金まで取り上げられてみじめに死んでいった。

祖父がいなくなると、母親は男のために仕事を増やした。母親が留守の間、男が照美の部屋へ来るようになったのはそのころからだ。あのころは、照美にとって人生で最悪の時期だった。おぞましくて死にたいほど苦痛だったが、母親には言えなかった。話したら、もっと状況が悪くなる。母親が助けてくれるわけではないと、直感的に理解していた。

男から逃れるように、照美は家にいる時間を少なくしようとした。しかし周囲は田畑ばかり、ひとりでうろつくような場所もない。顔見知りが多く、すぐに家に連絡されてしまう。

あるとき、人目を避けて山のほうへ向かったが、道に迷ってしまい、小さな地蔵の前でうずくまっていると、「中里さん?」と声をかけられた。文子だった。太い三つ編みを背中に垂らし、小さな目を驚いたように見開いている。ぽっちゃりした体に下膨れの顔、中学生になった今も、地蔵みたいに教室の片隅で縮こまっている少女だ。

どうしたのかと問われたが、同級生と話したくはなかった。まして、嫌われ者の文子だ。しかし今となっては、照美も嫌われ者だ。ひとつだけだった共通点が、いつのまにかふたつになってしまった。

苛立《いらだ》ちと情けなさがこみ上げてくる。それでいて、ひとりきりの心細さが、避けていた同級生の出現で消え去っている自分にあきれ、黙っていた。

近くに家があるから来るかと彼女は言った。

あたりは暗くなりつつあり、ひとりで帰るにはずいぶん遠くへ来てしまった。それに、あの男しかいない家には帰りたくない。照美は、帰るよりずっとましだと自分に言い聞かせ、文子の家へ行くことにしたのだった。

曲がりくねった長い坂の上にある、小さくて古い家だった。照美の家よりもっと古そうだが、しっかりした柱や梁《はり》が黒光りしている。近くに民家は見あたらず、畑ばかり。家のすぐ後ろには押し寄せてきそうな藪《やぶ》がひかえている。その向こうには黒く影のように、鈴鹿の山々が連なっていた。

「文子！　どこ行っとんの！　お湯わかしといて！」

土間への扉を開いたとたん、怒鳴り声がした。ごめん、おばあちゃん。と彼女は返事をし、照美にそこで待つように言った。

もたもたとやかんを火にかけながら、彼女は照美を気遣うように笑いかけた。「座っといてな」と言うのも、照美の気が変わって帰ってしまうのを心配しているようだった。

照美が家へ来たことをよろこんでいる。今となってはそんな人はどこにもいない。誰も照美に話しかけてこないし、近所の店の人だって、お使いに行った彼女には、しかめっ面で母やあの男がツケにしている代金を催促する。

けれど照美は、文子に感謝するにはプライドが許さなくて、世話になっておきながらつんけんした態度だった。

文子は気にした様子もなく、わかしたお湯を奥の部屋へ持っていくと、今度はごはんの支度をはじめた。照美に手伝わせることもなく、干物を焼いて食べさせてくれた。

奥の部屋からは、ときおり女のうめき声が聞こえていた。お産があることや、祖母が産婆だということを、文子は言い訳するように話した。

このごろは病院で出産する人も増えたと聞く。でなければ昔ながらに自宅で産むが、どちらでもないのはそうできない理由があるからだとは、照美にはまだ考えも及ばなかった。

「ほかのお家《うち》の人は？」

「お父さんは、遠くへ働きに行っとるもんで留守なんさ」

母親がいないようだが、ふうん、と照美は納得した。自分も父親がいない。そういう家だってあるだろう。

ただ、文子の家は照美の家とはまた違った意味でふつうではなかった。奥から聞こえてくる声は、だんだん悲鳴にも似てひどくなってくる。今にも死んでしまいそうな悲鳴だと、照美は怖くなる。文子の祖母は妊婦の腹を切り裂いているのではないだろうか。昔耳にした山姥の話が思い浮かぶ。人里から離れたここも、古くてあちこちきしむような家も、山姥の小屋みたいではないか。

文子は奥の声など気にならないのか、食事を続けている。干物を頭からかじり、ばりばりと咀嚼《そしゃく》する彼女も、山姥の一族に思えてくる。

産みたない。そんな声が何度も聞こえた。殺して。彼女自身を？　それとも赤ん坊を？

「お産って、あんなに苦しいん？」

「生まれたら感動するよ。みんなそうやって生まれてきたんやもん」

照美の母も、産みたくないと叫んだだろうか。感動的だなんてとても思えない。あんなふうに苦しめたから、母は自分を嫌っている。だから娘を苦しめるために、あの男を連れてきたのだ。

自宅へ帰りたくなくて、照美はそこに留《とど》まっていたが、食事はのどを通らなかった。

照美は、文子とその家をけっして好きにはなれそうになかったが、自分の家よりはずっとましだと感じていた。それからはしばしば文子と会い、ときには家に泊まるようにもなったが、お産のない日に限っていた。どうしても、恐ろしい気がしてしまうのだ。

文子は、あきらかに照美に会うのを楽しみにしていた。たまに行く学校で、目が合っても、笑いかけられても照美は無視をしたが、外でならふつうに話をした。もちろん同級生に会うこともない場所だからだ。

何度も会っているうちに、最初は遠慮がちに接していた文子もうち解けてきて、ときどき照美は、なれなれしいと感じるようになった。使い古した布で作ったらしいパッチワークの巾着袋をくれたりしたが、すぐに捨てた。

「ずっと前に、テルちゃんと声が似とるって言われたことあったやろ。テルちゃんはいややったやろけど、あたしはうれしかったん。あのことがあったから、お地蔵さんの前でテルちゃんに声かけることができたんよ。そうやなかったら、あたしのこと誰かわからへんやろと思て、黙って通り過ぎたやろなあ」

小さな接点が、あの日大きく自分たちを結びつけた。やがてそれは、照美が文子になって娘たちに会うなどという思いつきへとつながっていくのだけれど、あのときの照美にとっては、相変わらず不愉快なだけの話だった。

テルちゃんと友達になれてうれしい。なんて言われて、笑いをこらえたこともある。友達？　わたしたちが？　この子が友達だなんて恥ずかしい。そう思うと胸がむかむかした。たぶん、自分にはそう言い聞かせるしかなかったからだ。文子の友達になれるような人間じゃないのは、むしろ自分のほうだ。清らかで無邪気な同級生と、友達になんてなれるはずがない。本当のことを知ったら、文子だって照美を汚いと思うだろう。

「ねえ、照美、産婆さんの家の子と友達なの？」

いちど母が訊いてきたことがあった。どこかでいっしょにいるのを見かけたのかもしれないが、照美は否定した。

「あの産婆さんね、赤ん坊を殺すのよ。いらないって言えば生まれたときに殺してくれるんだって」

だからひそかに産婆の家で赤ん坊を産む女がいるんだと母親は言った。照美はますます怖くなった。あの家の畑には、死んだ赤ん坊がたくさん埋まっているのではないか。そこで採れた野菜をたびたび口にしたことを思い、照美はおそるおそる文子に訊いた。

「そんなことせえへん。生きるか生きられへんかは山姥が決めるんや。生きられへん子は山姥が連れてくだけや」

山姥の伝説をよく語っていた文子は、その存在を信じているかのようだった。

一方照美は、たかが迷信だと内心小馬鹿にしていたが、そんな自分があの山奥の家へ出入りすることで、山姥を怒らせたのかもしれないと、後々ふとしたときに思うようになったのだ。

照美は自分の体に異変を感じはじめていた。最初は何が起こっているのかわからずに、病気なのではないかと思ったが、自分に無関心な母親には言えなかった。

わずかな性の知識から、もしかしたらと思うようになり、やがて確信に変わったときは絶望的な気持ちになった。誰にも知られてはいけない、それだけは強く自分に言い聞かせ、大きくなっていく腹を隠し、あの男から逃げ回るように夜遊びを繰り返した。

隠していたのに、気づいたのは母親だった。問いつめられて、何があったのかを話してしまったとき、母親の顔から血の気が引き、鬼のような形相になった。照美には、髪が逆立ったかのようにさえ見えた。

つかみかかってきた母親は、何度も照美を平手で打ちつけ、髪をつかんで罵倒の言葉を吐いた。必死の思いで逃れ、家を飛び出した照美は、村のはずれから続く細い坂道をまっすぐに目指していた。

まだ日は沈みきっていないのに、両側に木々がせまる曲がりくねった道はもう暗い。さっきから下腹部ににぶい痛みを感じていたが、徐々に絞られるような痛みに変わっていく。照美は冷や汗を垂らし、腹痛に耐えながら坂道を上る。小さな民家がちらりと見え、前の畑にいた文子がこちらを振り向いたとき、照美はもう一歩も動けなくなってその場にうずくまった。

「フミちゃん、助けて……！」

駆け寄ってくる文子に、すがるように声をあげる。

恐ろしいことが一気に襲ってきたようで、すっかり気が動転していた照美は、それからのことを断片的にしかおぼえていない。ただ、文子は照美の状況を、素早く察してくれたようだった。日頃、産婆である祖母の手伝いをしていたからだろう。

早産、とか文子は言ったようだ。おばあさんが隣町の出産に出かけていて、今夜は帰ってこないと、たぶんそんなことも言った。

「お医者さん呼ばんといて、誰にも知られたくない」

照美は必死で懇願した。産みたくないの。殺して。何度も何度もそう言った。


嵐が通り過ぎたあと、気がつけば照美は黒い天井をじっと見つめていた。

助からなかった、と文子は言った。小さすぎたから、と。でも、もしかしたら。そう、たぶん、文子が息を止めたのだ。小さすぎて、生かそうとしても無理だったかもしれないけれど、運命が手を下す前に文子は照美の願いに応えた。照美との友情を守るために。

白い布にくるまれたものが、彼女のひざの上にあったけれど、冷たく硬い石にしか思えず、照美は目をそらした。

男の子だった、と聞いたとき、なぜだか涙がこぼれた。演技以外で泣いたのは、後にも先にもあのときだけだ。空っぽになった体に、その言葉だけが吹き抜けたかのようだった。

文子は人目につかない場所に、小さなお墓を作った。木の根元に石を置いて、それから木の幹にはパッチワークの細長い布を結んだ。山姥が食べたりしないようにと彼女は言った。照美は他人事《ひとごと》のように見ていただけだ。

あの子を悼み、弔ってくれたのは文子だけだ。自分のことのように胸を痛め、責任を感じ、罪を背負った。いつか自分が山姥になると思い込んだのはあのときからで、おそらく、山姥をお産の神のように信じていた祖母の影響だろう。

山姥は、文子が産婆のまねごとをしたと怒っている。山姥が扱う赤子の運命を、勝手にねじ曲げたから。人として越えてはいけない領域、人の生死をねじ曲げたから、文子は山姥の領域へ踏み込んだと感じている。

〝食われたいか、それとも山姥になるか〟

山姥が現れ、そんなふうに問う夢を見たと彼女は言う。返事をしたかどうかはおぼえていないらしい。けれどあれから五十年が経ち、少しずつ山姥になっていくと感じている文子は、あのとき返事をしていたのだろう。

照美の母親は、その後照美を残してどこかへ姿を消した。照美は保護者がいなくなった未成年として施設に保護され、やがて遠い親戚に引き取られた。金蔓《かねづる》を失ったあの男は、町から出ていったと人づてに聞いた。

年月が経てば、いやな記憶は薄れていくものだ。照美自身は被害者で、悪いことはしていないはずだ。望んだ子でもなく、育てられるはずもなく、もし生きていたら忌み嫌い遠ざけただろう。それでも、深い喪失感は薄れるどころか固くこびりついて、年を経るごとに腫瘍のように大きくなっていく。

可能なら、昔に戻って詫びたいと思うこともある。罪もないわが子に詫びたいと。救いがあるとしたら、文子が悼んでくれたことだけだった。照美の子は人として弔われたと思えた。

あのころ、あわただしく自分の身の上が変わるうちに、文子とは疎遠になってしまった。それでも照美は、けっして文子のことを忘れたわけではなく、いつか女優として有名になれば、気づいてくれるだろうと信じていた。別れの挨拶もできないまま、遠く離れてしまったけれど、いつまでも友達だなんて、感傷的なことを本気で信じられたのは、文子の誠実さを疑わなかったからだろう。

わたしの、本当の友達は文子だけだった。

照美はそう思う。あれから何十年と経っても、やっぱり文子だけだ。事件のあと、友達も恋人も仕事仲間もみんな離れていったけれど、文子だけは変わらなかった。

だから、彼女のために、彼女の娘たちの母になろう。

＊

大きな手芸店が入っているビルのそばだからか、食品サンプルのショーケースがある昔ながらの喫茶店は、女性客がほとんどだった。編み物や刺繍《ししゅう》をしながら過ごすのにちょうどよい雰囲気なのだ。そんな中、ひとりだけの男性客はすぐに目につく。麻弥は近づいていき、彼の前に腰をおろした。

「展示会、盛況だったね」

麻弥が言うと、翼は照れくさそうに頭をかいた。

「待っててくれればよかったのに、ほかの人と話してるあいだにいなくなっただろ？」

「話すために行ったわけじゃないもん。作品を見たかったの」

翼はがっかりしたように肩をすくめた。

「俺には興味なしか」

そんなことはない。でもまだ、そう自覚するには余裕がなく、麻弥は自分を組み立て直すのに精一杯だ。

「翼さんの、どれもよかった。作品見てると、やっぱりすごいなあと思うし、ますますパッチワークって好きだと思えてくるよ」

だからせめて、感じたことは素直に伝えておこうと思う。翼さん、なんて呼んでしまうとなれなれしいような気もするが、彼のパッチワーク本のファンはそう呼んでいる。本のキャッチコピーだって、〝翼と作ろう！〟なんて友達感覚だ。

彼はうれしそうに前のめりになった。

「じゃあいっしょにやろうよ。今度こそ」

「やめたって言ったでしょ」

「うそつけ」

わかってるとばかりに断言する。当然だ。本当にやめたなら、こうして翼に連絡をしたりしない。

麻弥は答えなかったけれど、口元は微笑《ほほえ》んでいたに違いない。このところ、ほんの少しだけだけれど、気持ちに余裕が出てきている。日に日に春めく気候に似て、少しずつ日差しの中へ踏み出して行けそうな気がしている。

それから麻弥は、翼と世間話をいくつかした。今日、彼を呼びだしたのは麻弥だが、このまま何の話もせず帰ると言ったとしても、彼は「じゃあな」と流してくれそうだ。そんな空気だったからこそ、気楽に話す気になれたのかもしれない。

「あのさ、はぎれ、見てほしかったんだ」

ようやく麻弥は、目的の言葉を口にする。

「はぎれを？」

「そう。今は生地を集めてるところなんだけど、なかなかイメージどおりのものが見つからなくて」

持ってきた布を、カバンから取り出してテーブルに置く。

「本当に花柄なんだ」

翼は感心したように見入った。

「くすんだ色合いだよね、ヴィンテージ？」

「ヴィンテージにこだわってるわけじゃないけど、そういう雰囲気のものが目につくんだ」

「イメージがはっきりしてるなら、はぎれを自分で作ってしまうって手もあるよ」

「作るって、織るの？」

翼は軽やかに笑った。

「そこまでやりたくなる気持ちもわかるけど、俺はせいぜい、洗ったりこすったり、染めたり、染めを落としたり」

「へえ、パッチワークのためにそんなことまでするの？」

「自己満足だけど」

自己満足がいい。今の麻弥は、ただ縫い合わせたいと、そうしてそこから何が出来上がるのか、知りたいという思いだ。

「集めたい布、カタクリの花のイメージなの」

「カタクリ？　よく知らないな。どんな花？」

「野山に生える薄紫の花で、百合《ゆり》やシクラメンみたいに首を下に向けて咲くの。色もたたずまいも地味なんだけど、わたしの故郷は山が近くて、少し森へ入れば見かけたものだったな。今じゃ咲いてる場所が少なくなってて、保護しようってくらいらしいけど、本当にひっそりと、人目を避けるように咲いてる」

「その花が、くすんだ色合いの布なんだ？」

「やっと日差しが明るくなって、森に陽《ひ》が差し込むと、かすみがかかった空気の中に春の気配を感じるの。そういうとき地面をよく見ると、カタクリの花がぽつぽつと咲いてたりする。そんな感じ」

なんだかまとまりのない話だが、翼は深く頷いて聞いてくれていた。

「ああ、少しわかるような気がする。やっとまぶしさを感じるようになったけどまだ少し淋《さび》しいような陽の気配だ」

その花は、少しだけ母に似ている。地味で目につかないけれど、ひっそりと、けれどたしかに咲いている。春を告げるように、まだ冷たい地面からそっと茎を伸ばし、うつむきがちに咲く。

「来週、実家のほうへ帰ることにしたんだ。姉と妹と。それで、カタクリの花が見られたらいいなと思ってるところ」

「へえ、麻弥さん三姉妹なんだ？　姉妹でパッチワークするのか？」

「これからかな。姉も妹もちょっと興味を持ってる」

「そりゃいいな」

「うん、これまではほとんど交流がなかったんだけど、母が、わたしたちをつないでくれたんだ」

色柄のパターンもバランスも無視して、強引に縫い合わせてしまう母のパッチワークだ。

「きみの新しいパッチワークは、故郷につながるんだろうね。このはぎれ、どんな作品になるのか楽しみだよ」

本当の自分を人に見せるのは苦手だった。だからパッチワークも、麻弥が周囲に見せるために作り上げた自分に似合いそうなデザインだった。パッチワークが好きだと誰にも言えなかったくせに、どこまでひねくれていたのだろう。

新しく選んだ布は、素顔の麻弥自身だ。だから翼に見てほしかった。これを使って何かを作ることができるなら、自分自身を男っぽく見せようと努めることから自由になれるだろう。

*

なんでもない日に家族で外食するのは久しぶりではないだろうか。絹代は、英夫と玲奈の三人で、近くのファミレスに出かけただけなのに、不思議とうきうきしていた。写真がいっぱいのメニューに目を輝かせている玲奈のうきうきした気分がうつったようだ。

「玲奈、パフェも頼んでいいよ」

「ほんと？」

土曜日の夜は、家族連れでにぎわっている。子供向けの人気キャラクターとタイアップしたメニューに釘付《くぎづ》けになったかと思うと、大人向けの大きなハンバーグと見くらべたりする。玲奈にしてみれば、大人好みの店で静かにしていなければならない食事より、ずっと楽しいだろう。英夫がいると、どうしてもそういう店になりがちだったが、今日の彼は絹代の提案をすんなり受け入れてくれた。家族三人で、玲奈の好きなファミレスでの食事を、英夫も楽しんでいるのなら何よりだ。

「あたし、クララちゃんセットにする」

注文をすませると、玲奈はセットのおまけをさっそくもらって遊びはじめる。

英夫の仕事が決まった。引っ越し先もさがしはじめたところで、淡々と準備は進んでいる。幼稚園が春休みに入った玲奈は、少し淋しそうだが、今はご機嫌な様子で、絹代はほっとしている。

「なあ絹代、お義母《かあ》さんは小峰の家へ帰ってないのか？」

「ええ……。捜索願は出したままだもん。問い合わせてみたけど、帰ってる様子はないみたい。もしかしたら、母の生家のほうかもしれないの」

山姥になると言っていたことや、紬が聞いた認知症の女性の存在からして、母の行方はやはりわからないままかもしれない。そう思いながらも、三人で母の生家を調べることにした。英夫は快く承諾し、玲奈を見ていてくれるということだった。以前の彼だったら、日曜はゆっくりしたいと渋ったり、そうでないなら会社のつきあいで出かけていったりしたことだろう。

「こみねのおばあちゃんとこ、行くの？」

「そうよ。玲奈は電話でしか話したことないね。おぼえてる？」

それだって、数えるほどだろう。

首を横に振る玲奈は、小さすぎて、記憶に残っていないのも当然だった。ちゃんと会わせてあげればよかった。玲奈のためにもと絹代は思う。おぼえていなくても、おばあちゃんにだっこしてもらったと話してあげられないのが淋しい。けれど母は、絹代が玲奈を妊娠したときも、産んだときも無関心だった。もともと絹代が母を遠ざけていたのだし、こちらもそっけなかったことはあるが、母は子供が好きではないのかもしれないと思ったのも確かだ。

けれど絹代は、母の本心は違っていたのではないかと思いはじめている。

「おばあちゃんね、山姥だから、玲奈に会っちゃいけないと思ってたのよ」

玲奈は不思議そうな顔をした。

母は、男の子を流産したとき、山姥のせいだと思ったという。絹代もまだ小さかったので、母が弟を妊娠したときのことは記憶にない。ただ、母のおなかが大きくて、幼稚園の運動会に出てもらえなかったことが二回あったような気がするのだが、記憶違いなのかとずっと不思議に思っていた。

でも、記憶違いではなかったのだ。そして母は、自分の何か悪い行いが山姥を怒らせ、男の子を奪われたのだと信じている。

さらに自分の因果が娘の絹代にも及んでいるのではないかと気をもみ、絹代に子供ができないことを悩んだのだろう。やっと玲奈を授かったときも、自分が近づけば流産してしまうかもしれないと思ったに違いない。女の子で、無事に生まれたけれど、やはりまだ不安だったのだ。絹代が今後男の子を産めるように、あるいは玲奈にまで山姥の呪いが及ばないようにと、近づかないようにしていたのではないだろうか。

中里照美が母になって現れて、知らなかった母のことを知るようになり、あらためて絹代は母の気持ちを考えた。パッチワークを照美に託して娘たちに届けようとした母は、母が持っていた山姥との縁を、娘たちから遠ざけなければならなかったのだ。それがいちばんの願いだったから、母は、娘たちが離れていくのをあえて受け入れた。

母はもう、自分たちの前に現れるつもりはないだろう。それでも故郷へ行かなければならないのは、自分たちのけじめだ。これまでは、母や家族への反発から、故郷を無視しようとしてきた。これからは、すべて胸に刻んで新しい家族と歩んでいく。その覚悟をするために、けじめが必要なのだと思う。

麻弥や紬も、それぞれに新たな出発をしたいから、母のそばへ、その懐のような山々のそばへ、いちど帰ろうとしているのだ。

「ママ、まやちゃんとつむぎちゃんといっしょに行くんでしょ？」

「ええ、そうよ」

「まやちゃんとつむぎちゃんは、ママのいもうとだってほんとう？」

「ほんとうよ」

「いいなあ、あたしもいもうとかおとうとがほしいなあ」

素直な玲奈に、英夫も笑った。

「パパだって一人っ子だぞ」

「じゃあパパも、いもうとかおとうとがほしいでしょ？」

「うーん、パパはもう無理だけど」

絹代も、英夫と顔を見合わせて笑う。

生活は苦しくなって、子供どころではないかもしれない。それでも不思議と心には余裕がある。ひとりで悩んだり抱え込んだりしなくていいなら、夫婦で協力していけるなら、そんなに難しいことじゃないのだろう。絹代が思うように、英夫もそう思っている、不思議とそう感じられた。

＊

窓辺に置いた透明なグラスに、カタクリの花が一輪だけ挿してある。施設の窓から見える風景は、茶畑とまだ土がむき出しの田んぼばかりだ。その向こうに、白い雪の残る山の峰が横たわっている。

山々の、春の花盛りはたくさんある。菜の花、蓮華草《れんげそう》、ツツジや山藤、これから見頃になれば、都会からも美しい風景を求めて人々が訪れるだろう。子供のころは、田舎の風景に何の印象も持っていなかったが、この二年足らずの間、文子と過ごした短い期間に、照美は山と茶畑と地味な草花を美しいと思うようになった。

薔薇《ばら》でも牡丹《ぼたん》でもなく、淡い小花が群生する色彩が、山々に臨む町には似合っている。この、カタクリの花もそうだ。きびしい自然の中でひっそりと咲くからこそ美しい。

照美の、小さな子の墓も、今ごろカタクリの花に見守られていることだろう。

「フミちゃん、ごめんね、わたしの罪を背負って、あなたは山姥になったのに、わたしも結局、山姥になってしまった」

「許せなかったん？」

縫い物の手を止め、そう言う文子は、照美がなぜ罪を犯したかを知っている。あのとき報道された被害者が、誰だったかわかっていたのだろう。

「許せなかった。あの男がまたわたしの前に現れるなんて」

照美が、かつて母親の恋人だった男の消息を知ることになったのは、単なる偶然だった。ごくありふれたきっかけで知り合ったその男は、結婚していて、成人した子供もいるということだった。そう聞いたとき、何もかもめちゃくちゃにしてやりたいと思ったのはたしかだが、実行しようとは夢にも考えていなかった。

下品で、何の魅力もない初老の男。その場限り、二度と会うことがなければ、照美は男のことを、もういちど忘れようと努めただろう。

しかし男は、照美に関心を持った。もちろん、昔の女の娘だとは気づくはずもなく、単に女優として興味を持ったようだった。

照美は四十代で、売れない年増の女優ではあったが、じゅうぶんに美しかったし、彼にとっては親しくなって損はないという気持ちだったようだ。男がマネージャーという名目で雇われていた飲食店で、顔見知りになったのが最初だが、どこかから連絡先を訊きだし、接近してきた。

バブルがはじける少し前で、彼はまだうかれていた。店が儲《もう》かっていたのだろう。還暦手前にしては若作りしていたし、羽振りもよかった。何人も女がいたようだが、それでも飽き足らないのか、照美をそのひとりに加えようとした。

照美が誰だか知れば、彼は逃げるだろうか、それとも詫びるだろうか。

もし、少しでも過去のことに胸を痛めているなら、そう思ったこともあったが、男が昔と同じようにクズだということはすぐにわかった。

いつでも自慢話が尽きない男は、酔うとますます自慢に拍車がかかった。本人は自慢のつもりでも、聞いているほうからすれば軽蔑に値するものも少なくなかった。喧嘩《けんか》や恐喝、人をだましたり欺いたりしたことさえ、相手がどれほどバカだったかと笑うのだ。

そんな話のひとつに、照美は髪の先まで震えるほどの憤りをおぼえることになった。

二十代のころ、一回りは年上の女と一回りは年下の女、両方手に入れたことがあると言いだした。母親と娘で、娘のほうは中学生だったが、なかなか色っぽかった、などとにやけた顔で語るのだ。

中学生はさすがに問題だろう、と誰かが言うと、その子から誘ってきたんだなんてうそぶいた。

母娘でおれを取り合ってさあ、大喧嘩だよ。女って怖いね。

照美が本気の殺意をいだいたのは、おそらくそのときだ。ただ、男に消えてほしかった。目の前から？　いや、どこかで息をしてることさえ許せない。彼の未来を消し、過去も消してしまいたかった。男が存在していたという過去も。

男に襲いかかる自分を想像すれば、母のことを思い出した。照美の妊娠を知った母が、憤りに駆られ、獣みたいに襲いかかってきた、あのときの形相を思い出した。きっと同じ顔で、自分は男を殺すのだ。

けれど照美は、もうずっと前からすでに母と同じだった。わが子を精神的に殺したも同然の母。同じように照美もまた、子供を殺す鬼だった。ならばあの男は、自分が作り出した鬼に食われるのだ。

照美の目的に、犯罪の隠蔽《いんぺい》はなかった。ただ隠したかったのは、男との本当のことだけだ。何より子供のことは、誰にも知られたくない。知られなければ、聖母のように自分だけの子供だったと思い続けられる。生まれてこなかったからこそ、照美だけの小さな赤ん坊のまま、淡い憐憫《れんびん》と愛情をいだいていられるのではないか。男の姿がちらつけば、その瞬間からその子のことを、穢《けが》れた汚物であるかのように感じてしまうだろう。

照美は、男との関係も殺した動機も何も語らず、裁判を受けた。借金があったとか、男女関係があったとか、様々に憶測されたが、事実として男を殺し店の売上金を奪ったことが、量刑のすべてだった。情状酌量の余地なしとの判断は重いものだったが、自分の哀れな事情など考慮されたくなかった照美にとっては、本望だった。そのために、ほしくもない金銭に手をつけたのだ。

カタクリの花が首《こうべ》を垂れる窓辺のテーブルで、文子はまた、縫い針を動かし続けている。いろんなことを忘れていくのに、その手だけはすべてを記憶している。照美は不思議に思いながら、迷いなく動く手元を眺めている。

文子は、古くて四角い空き缶をだいじに持っていて、そこにはぎれを詰め込んでいた。小峰の家を出るときも、生家だったあばら屋を出るときも、それだけは絶対に持っていくと言い張った。今もそれは、針を動かす文子のそばにある。

あられ、と読みとれる空き缶に詰められた布の切れ端は、どれも古く、色あせ、すり切れそうになっているが、文子ははぎれのひとつひとつが、かつて何だったかをおぼえていた。

夫のワイシャツ、姑《しゅうとめ》の手ぬぐい。それらは、職を失ったり田畑を手放したりした彼らのつらいできごとが染み込んでいて、照美には悲しいものに思えた。役作りのために文子の半生を聞いたときも、彼女が幸せだったとは思えなかった。けれど彼女は、姑が自分を選んでくれたから、結婚ができたし子供も持てたと微笑んだ。

口答えせずよく働く嫁がいいと、姑は文子を選んだらしい。我が強くて言い返すような女はごめんだと思っていたようだ。他人に認めてもらえたのははじめてだから。そんなふうに言う文子は、言いなりといえば聞こえが悪いが、一生懸命働いたのだろうし、いつのまにか姑の心をつかんでいたかもしれない。

照美にとって、見下していたはずの彼女がたったひとりの友達になったように。

夫も、母親に従うだけの男で、頼りないと照美には思えたが、やさしかったと文子は言った。見合いの席では、文子はいやな思いをすることが多かったのだろうけれど、彼はふつうに受け入れてくれたのだそうだ。母親が選んだならと気持ちを決めていたからだろうか。

結婚後、その夫は、はじめての反抗期でも来たかのように姑に背いたが、文子自身は裏切られたとは思わなかったらしい。いちどくらい母親から自由になりたかったのだろうと感じていたという。夫とは生活を共にする同胞のようなものだったと彼女は振り返る。同胞だから、お互いの悪いところには目をつむりながら協力できたのだそうだ。根がやさしいから、文子に暴言を吐いたことも手を上げたこともなく、そんな男の人は彼以外に知らないと文子は言った。そうして彼は、愛人への熱が冷めれば文子を頼りにし、母との関係を取りなして家へ戻れるようにしてほしいと懇願してきたという。

姑が文子のために縫ってくれたという浴衣、夫の半纏《はんてん》、ちゃぶ台のまわりにあっただろう家族の座布団、台所の暖簾《のれん》、子供服、一家のとくべつな日に着た晴れ着の数々。曜日や、昨日のできごとがわからなくなっているのに、遠い昔の、はぎれの記憶だけはまだはっきりしている。

けれどそれも断片で、記憶さえもう本来の形を失い、切れ端しか残っていない。それをつないでいく文子は、バラバラになった記憶を新たにひとつの布にしていく。文子の記憶は、残ったところだけ縫い合わされて、文子という人生の、最後の一枚布になる。

「フミちゃんは、わりと幸せだったのね」

ふたりで過ごした二年足らずの間にも、少しずつ大きくなっていったパッチワークは、もうかなりの大きさだ。それを見守りながら、照美は言う。

「わたしはね、わたしではないときがいちばん幸せだった。いつでも、誰かを演じているときがいちばん幸せ」

だから、文子になれてよかった。

「人生でいちばんの、お芝居ができたわ」

またしばらく、うつろな目をして夢うつつをさまよっていた文子が、ふと顔を上げて、照美に視線を定めた。

「なあテルちゃん、もうすぐこれ、出来上がるもんで、あたし、山へ行くわ。お先にやけどな」

何年もかけたに違いないパッチワークを、文子はどうするつもりなのだろうか。山へ持っていくのだろうか。

「……わかったわ。わたしもあとで行くから、待っていてね」

照美はまだ、人の世で、こちら側で罪を償わなければならない。

「いつか、ふたりで山姥になって、山から町を眺めようね」

「東京も見えるやろかなあ」

文子は、遠くを見るように目を細める。照美も目を細めて窓の外を見やった。もしサングラスをとれば、自分たちは姉妹に見えるくらいよく似ているだろうと思いながら。

「そやなあ、山姥にならら、きっと見えるさあ」

＊

柳川がくれた地図からすると、母は生家のあった場所にいたのではないかと思われたが、姉妹は誰も、母の生家を知らない。母にはすでに家族がいなかったので、親戚がいるのかもわからないし、母は里帰りすることもなかった。

手がかりは、柳川の情報だけだ。それでも三人は、少しでも母のいた場所に近づこうと話し合った。

よく晴れた日で、東京では例年より遅い桜の開花が宣言されたところだった。三人は、新幹線を名古屋で降りて、関西本線に乗り換える。伊勢湾を取り巻く海側はあたたかく感じたが、内陸へ向かうと、まだ雪の積もった山々を間近に見上げる町は、木々の芽も引き締まっているようだ。

関駅で降り、そこからはタクシーで、柳川がレンタカーを置いたという場所まで行ってみることにする。タクシーの運転手に地図を見せると、細い林道へ車を走らせ、やがて行き止まりになった場所で車を止めた。

この先に鬼塚と、近くの山へ登る登山道があるという。正確には行き止まりではなく、徒歩でしか行けない細い道が続いているようだ。柳川はレンタカーを置いて歩き、鬼塚とは違う方向へ進んだのだろう。

実際に紬たちは歩いてみたが、迷うことなく鬼塚にたどりつく。柳川がここへ来たときは、明るい昼間ではなく薄暗い時間だったから、獣道のようなところへ入ってしまったのかもしれない。

塚のそばには大きな岩がある。その向こう側は視界が開け、下方に町並みが見下ろせる。山の間の、少しばかりなだらかな場所に家が建ち、茶畑が目につく。そんなふうだ。柳川が持っていた、スーパーのビニール袋にあった名前をタクシーの運転手に伝えると、心当たりがあったらしく連れていってくれた。

スーパーとはいえ、ちょっと広めの個人商店といった規模だった。照美はここへ買い出しに来ていたのだろうし、おそらく徒歩だったと思われる。とすると、近くに母の生家があったはずだ。

スーパーから出てきた年輩の女性に、母の旧姓を伝えて、昔そんな家がなかったかと訊《たず》ねてみた。小さな集落だが、知らないという返事に三人はがっかりしたが、あきらめずに何人かに訊いてみたところ、さらに奥の村にそんな家があったと教えてくれた人がいた。

この先にも、民家が数軒集まった場所があるらしい。

奥の村へ足を運べば、さらに奥だと教えられる。

山に分け入るような道をまた進んで、この先にはもう家はおろか田畑もないという場所で、母が生まれ育ったことを紬たちは知った。

村の人によると、一、二年前から最近まで、そこに年輩の姉妹が住んでいたということだ。姉のほうは体が悪いらしく外へ出てこなかったが、妹はよく見かけたという。その姉妹はどこへ行ったのかと訊いてみたが、施設へ入るとだけ言っていたらしい。

急な坂道の先に、藪に囲まれたあばら屋がある。建物の前には、ごく狭い畑があり、今は放置されて、白菜や大根が枯れてしまっていた。照美はここに住むために、草に埋もれかけていただろう建物と前庭をいくらか手入れしたことだろうけれど、人がいなくなればまた、ここは山に取り込まれ、家屋や道があったことさえ忘れられていくのではないだろうか。

入り口の引き戸は、鍵もかかっていなかった。中は片付いていて、最近まで人がいたからか、空気もよどんでいない。ほんの少し留守にしているだけみたいに思える。かすかに母の匂いがする。それはたぶん、古い家屋独特の匂いなのだろうけれど、紬たちの実家にも、母にもまとわりついていた匂いだ。

かつて、母が行方不明になった実家へ帰ったときも、こんなふうだったと紬は思う。母の気配は残っているのに、その姿はどこにもない。自分たちはもう、母をこの目で見ることはない、そんな予感は強まるばかりだ。中里照美に重なった母は、今や森に呑《の》み込まれそうな生家の気配や、背後に連なる山々と重なっていく。

「お母さんと照美さん、ここで暮らしてたのね」

台所はきれいに片付けられ、冷蔵庫は空っぽだ。以前は電気が来ていたのだろう。今は送電されていないようだ。和室に畳まれた布団は二組だったが、紬のマンションに置いたままの布団と同じように母を思い出させる。あれは母ではなく照美だった。けれど母とここで暮らし、彼女は布団の畳み方までそっくりになったのだ。

「向こうの部屋は雨漏りがひどいみたい。畳だってぼろぼろだし、使ってなかったのかな」

「きれいにしてるのは、ここと台所だけね」

紬は、柳川の話を思い出す。廊下の先の部屋に、母らしき人がいたという。

「こっちにも部屋があると思うんだけど」

破れも目立つ障子を開けたところは、小さな三畳間だった。薄暗い光の中、紬は一瞬、室内に花畑を見たような気がしてまばたきをした。

パッチワークだった。様々な色柄のはぎれが縫い合わされ、つなげられて、畳の上に広げられている。もともとの淡い色合いが、使い古されてますますくすんでいるのに、それらが集まると、山あいのかすみがかった陽光のもと精一杯に群生した草花によく似ている。

そんな部屋の隅に、あられの空き缶が無造作に転がっているのを見つけ、紬は歩み寄った。前に実家で、母が失踪したときにこれがなくなっていたことに気づいたのはたぶん紬だけだった。あのとき母は、これを持って出ていったのだ。今思えば、キノコ採りに出ていったのではないという、唯一の証拠だった。

それがここにある。母はどこへ行ったのだろう。

開けてみると、中身は空っぽだ。すべてのはぎれがパッチワークに使われて、紬たちの足元にあった。

「お母さん、施設へ行く前にこのパッチワークを置いていったの……？」

絹代のつぶやきに、麻弥が視線を動かした。

「だったら、あれは？」

視線を定めた窓辺に、カタクリの花が一輪置いてあった。しおれているが、枯れてはいない。ごく最近、誰かがここへ来て、置いていったのだ。

だいじな空き缶と、そこに入れてあった布で仕上げたパッチワークを、わざわざここへ持ってきたのは照美だろうか。それとも母か。

「施設からここへ戻ってきたってこと？」

「また照美さんとお母さんはここで暮らすつもりなの？」

「まさか」

四月に入ったとはいえ、まだ寒い。暖房も使えないここで、夜を明かすことはできないだろう。それに、あられの缶は空っぽだ。置いてあるのではなく、捨てるように転がっていた。もういらないと判断したものではないだろうか。

母は、きっとここへも戻ってくることはない。

「出来上がったパッチワークを残して、またどこかへ行っちゃったのかな」

「山姥になったのよ」

そう、たぶん。人の世で得たものすべて手放したなら、母は山へ行ったのだ。

紬はパッチワークの上に座り込んで、見覚えのあるはぎれを撫《な》でた。

「懐かしいよね、これ。家にあった電話カバーだよ」

「こっちはティッシュカバー」

「カーテンと、こたつ布団じゃない？」

いろいろとさがし当て、三人で笑う。

「わたしたちがいたころの、あの家がここにあるんだね」

絹代と麻弥と紬、三人が育ったあの家の日常で、山と茶畑と菜の花やコスモスが咲くあの町の風景で、母そのものだ。

母の中から消えていった、記憶そのもの。

それらが、一枚のパッチワークになっていた。

薄暗い森の中、ちらちらとこぼれる淡い淡い木もれ日を、もしも集めてつないだなら。

そんな日溜《ひだ》まりのようだった。

紬たちは、パッチワークのラグを丁寧に畳み、持ち帰った。

東京で桜が満開になった日、三人は英夫と玲奈もいっしょに上野公園へ出かけ、パッチワークのラグを広げて花見をした。

花曇りの空、にわかに雲が薄れ、淡い光が差すと、桜の隙間から注ぐまばらな光がパッチワークに落ちる。

光の濃淡が、また雲が広がるとともに薄れていく間際、ぼんやりとした曖昧な光の中で、紬はふと、ラグのすみに母が座っているのではないかと空想した。

白髪交じりの髪を三つ編みにして背中に垂らし、ちょこんと正座をした母が、花を見上げている。紬の想像の中で、母との花見が実現している。

母と同じ桜を見ようとして、紬も見上げる。

ほんとにきれいやなあ、紬のゆうたとおりや。

人込みのざわめきに、母の声を聞いたかのようだった。

解説——究極のシスターフッド小説として

阿部花恵

「女の子ですね、たぶん」

妊娠六カ月でお腹《なか》の子の性別を告げられたとき、湧き上がったのはまず困惑だった。それまでは「性別なんてどっちでもいい」と言っていたが、本心ではなかった。心の奥底では、「男の子のほうがいい」と望みをかけていたのだ。だって、母親とうまくやれない娘だった自分が、母になって娘を育てるなんて……無理だ。不安しかない。

『木もれ日を縫う』のページを指先で繰るうちに、ふいにそのときの不安の記憶が甦《よみがえ》ってきた。

本書は三姉妹と老いた母親の絆《きずな》をめぐる、ミステリー仕立ての物語だ。

東京の服飾メーカーに勤務する紬《つむぎ》の前に、行方不明になっていたはずの母親の文子《ふみこ》が突然現れた。一年半もの間、年老いた母はどこで何をしていたのか？　そもそもなぜ行方不明になったのか？　さらに、再会した母を名乗る老女は、以前の母とはどこか違っていた。顔も口調も背格好も母に似ているし、パッチワークキルトの手作りのカバンは確かに母が昔から使っていたものだ。紬の幼い頃の思い出話にも齟齬《そご》はない。だがどこかが、何かが違う。母のようでいて、母ではない別人のようでもある。混乱する紬に追い打ちをかけるように、〝母〟はこう打ち明ける。

「面変わりしたんは山姥《やまんば》になったせいなんや」

山姥になった？
途方に暮れた紬は、同じく東京に住む姉の麻弥《まや》と絹代《きぬよ》に相談する。突然、上京してきた老女は本物の母なのか？　それとも自らが主張するように「山姥」になった元・母なのか？　だとすると、なぜわざわざ娘たちに会いに東京までやって来たのか？
二十代の紬、三十代の麻弥、四十代の絹代。疎遠になっていた三姉妹は、降って湧いた山姥騒動をきっかけに、自分自身の人生に向き合うことになる――。

『木もれ日を縫う』は人気シリーズ『思い出のとき修理します』の著者である谷瑞恵が、初めて文芸誌で連載した新境地ともいえる作品だ。漫画版（山口いづみ漫画・全六巻）

も好評な同シリーズは現在までに八十万部を突破、多くの読者を獲得している。コバルト文庫育ちのファンタジー好きには、『魔女の結婚』『伯爵と妖精』『花咲く丘の小さな貴婦人』シリーズを生み出したベテラン作家と言ったほうが伝わるかもしれない。現実にしっかりと根を張った物語世界に、ほんの一匙《ひとさじ》、二匙の不可思議な要素を溶かし込むことを得意とする手法は、本書でも存分に発揮されている。

まず、三姉妹のキャラクターと立ち位置が絶妙だ。

「山姥になった」母に最初に対峙《たいじ》する三女の紬は、服飾メーカーの宣伝部で働く会社員。見た目は洗練された都会の女だが、内心では垢抜《あかぬ》けない過去を拭いきれない自分にコンプレックスを抱いている。素直で他人に頼ることが苦でない性格は、いかにも末っ子らしい。

次女の麻弥は三十代半ば。頑《かたく》なで不器用な性分で、男の跡継ぎを望んだ祖母や母のためにと、幼少期に身につけた「男っぽさ」を引きずったまま大人になった。髪型やファッションは男性的なものを好み、男性社員が多い倉庫会社の独身寮に住み続けている。恋人はいない。願いは今のままの自分で、ゆっくりと老いていくこと。

長女の絹代は港区の高層マンションで暮らすコンサバ主婦。麻弥とは対照的に昔から要領のいい優等生で、進学も就職も結婚も戦略的に立ち回って勝利を手に入れてきた。

夫やひとり娘が自慢できる妻、母でいようと日々努めている。彼女を突き動かしているものは、「母のようにはなるまい」という反発のエネルギーだ。

紬、麻、絹。それぞれ織物の名をつけられた姉妹は、三者三様のやり方で、故郷を自分から切り離して生きてきた。紬にとって母親は垢抜けない過去の象徴、麻弥にとっては憎しみの対象、絹代にとっては反面教師だ。故郷から離れ、母との繋《つな》がりを断ち切る。それが彼女たちにとっての大人として自立する道だった。

けれども、「山姥」になった母が東京に現れたことで、三姉妹は「私たちが知っているはずだった母とは誰だったのか？」という問いを突きつけられる。実家から遠く離れた東京で、目の前にいるのが本物の母か、そうでないのか、誰ひとりとして自信が持てないのだ。

「いくらなんでも自分の親の顔くらいわかるでしょ？」と疑問に思う人もいるかもしれない。だが、「思春期からずっと、お母さんの顔をよく見てなかった」「恥ずかしい気がして見たくなかったから」という紬の言葉に、ハッとさせられ、思わず自分もそうだと頷《うなず》いてしまう読者も少なくないはずだ。

思春期を過ぎたあたりから、たいていの子にとって親はまっすぐ見つめる対象ではなくなる。いつでもそこにいる、気配だけを感じるような存在。親の顔のどこにホクロがあって、最近はどんなシワが目立つようになってきたか、微細に説明できる自信がある「子ども」は果たしてどれくらいいるだろう。

私は自信がない。生まれ育った実家で過ごした年数よりも、東京で暮らす時間のほうが長くなった今、母の泣きボクロは右にあったのか、左にあったのか、いや、そもそも泣きボクロではなく口元にあったのではないか？　帰省が年に一回あるかないかとなった今は、それすらも自信が持てない。筆者は三姉妹のみならず、読み手の心理にも静かに、ゆるゆると揺さぶりをかけてくる。

あなたは自分の母親のことを、どれくらい知っていますか、と。

さらに「山姥になった」と本人は言っているが、中身は昔の母と変わらないことも三姉妹を惑わせる。面影にどこか違和感はあるが、朝食につくってくれたみそ汁は紛れもなく母の味がする。姉妹の幼い頃の思い出もしっかりと記憶している。曖昧なのは私たち娘の記憶であって、目の前の老女はやはり母なのかもしれない。

巧みな筆致に乗せられてするすると読み進めていくうちに、三姉妹も読者も、気づけば民話と現実の狭間《はざま》の森に迷い込んでしまったような錯覚に陥る。

姉と妹、母と娘、故郷と東京、現実と異界……。素知らぬ顔で遠く離れていたもの、別々の場所にあるもの同士を、筆者は丁寧に縫い合わせ、仕立て上げていく。まるで、いつもはぎれを縫い合わせていた、パッチワーク好きの姉妹の母のように。謎に引っ張られて物語は展開していくが、登場人物の一人ひとりに寄り添う筆者の眼差《まなざ》しは、どこまでも優しくあたたかい。

三姉妹の前に現れる男性陣も魅力的だ。鈴鹿《すずか》の山中で拾った母を東京まで連れてきて、山姥伝説の伝承を紬に教えてくれた古書店の若き主人・柳川。パッと見の印象は朴訥《ぼくとつ》な変人だが、民俗学の研究者でもある彼は、母に戸惑う紬に的確なアドバイスをくれる。手芸が趣味であることを隠してきたものの、好きなことをやめられず、パッチワーク作家になった網取翼。高いプライドの陰に、弱さと紙一重の優しさを隠し持っていた絹代の夫。

男は倒すべき敵でも、媚《こ》びるべき宿主でもない。対等な目線で見つめ合うために、彼らとどう言葉を交わし、どんな風に向き合っていけばいいのか。そのことに気づく過程で、姉妹それぞれが持っていた恋愛観や友情観、夫婦観は変化していく。人を大きく変えるのは、いつだって誰かとの交感なのかもしれない。

そして終盤、山姥騒動の真相が明らかになると同時に、ある「女」の存在が浮かび上がる。登場人物の中で私がもっとも強く心を奪われたのは、他の誰でもない「彼女」だ。最終章「山姥と三姉妹」のページをめくっている間ずっと、ぽたぽたと滴り落ちる涙を止められなかった。距離や時間を軽やかに越え、固く結ばれた女同士の絆がそこには確かに描かれている。母、娘、姉、妹、いくつもの「女」たちの親愛の情が縫い合わされたこの物語は、二重の意味でのシスターフッド小説といえるだろう。

「つぎはぎに思えても、俯瞰《ふかん》すれば不思議と美しい模様になっているのかも」

誰の人生もきっとそんな風に、一枚のパッチワークキルトなのだろう。よごれたり、破れたりした部分は、別のはぎれを繋ぎ合わせればいい。そこから新しい模様が出来あがり、その人だけのリズムと色彩のパターンが生まれてくる。縫い目が不揃《ふぞろ》いでも構わない。ちょっと離れた場所から見れば、ちっとも気にならないはずだ。

母は本物の母だったのか、それとも山姥だったのか。明かされる結末は切なく、寂しく、けれどもほのあかるい幸福感に満ちている。なぜなら三姉妹の母は、誰にも予想できないような方法で、母として娘に与えられるものをすべて与えきることができたのだから。

初めての出産から六年が経《た》ち、娘はすくすくと成長した。懸念していたような女同士の葛藤や衝突はまだない（というか、これからだろう。確実に）。毎朝、家を出るときはドアの前で私がすっと手を出すと、無言で娘がパシッと握り返してくるようになった。「何だろうこの無敵のシスターフッド感……いや、シスターじゃなく母娘か」となんだかおかしく思いながらも、私と娘は手を繋いで保育園へ向かう。母と手を繋いで歩いた、幼い日の記憶を反芻《はんすう》するように。

いつか、握ったこの手を振りほどいて、彼女は前へ進んでいくだろう。振り向きもせず、ずんずんと。母を振り切るように実家を出た、紬や麻弥や絹代のように。

けれども、この小説を読み終えた今、私はその日が来ることを少し心待ちにしている。いつか私も「山姥」になるだろう。そのときにはきっと、寂しさと同じくらいの幸福が心を満たす予感がある。

（あべ・はなえ　ライター）

本書は、二〇一六年十一月、集英社より刊行されました。
初出　「小説すばる」二〇一五年十二月号〜二〇一六年六月号
本文デザイン／成見紀子

集英社オレンジ文庫

谷 瑞恵の本

異人館画廊

シリーズ

①盗まれた絵と謎を読む少女 〈コバルト文庫・刊〉

英国で図像学《イコノグラフィー》を学んだ千景に、苦手な幼馴染みの
透磨の仲介で死を招く絵画の鑑定依頼が舞い込んで……?

②贋作師とまぼろしの絵

贋作の噂を聞き、高級画廊に潜入した千景と透磨。
噂の絵画はなかったものの、後日よく似た絵画に遭遇する。

③幻想庭園と罠のある風景

ブリューゲルのコレクターが住む離島で待つのは、
絵画そっくりの庭園と、千景に縁のある人物の気配!?

④当世風婚活のすすめ

禁断の絵を代々守る家から何者かが絵画を盗みだし、
知らぬ間に異人館画廊に持ち込まれる事件が起きて……!?

⑤失われた絵と学園の秘密

自殺未遂した少女と消えた絵画。名門美術部の
謎を探るため、千景が生徒を装って潜入捜査へ……!

好評発売中

【電子書籍版も配信中　詳しくはこちら→http://ebooks.shueisha.co.jp/orange/】

集英社文庫

木《こ》もれ日《び》を縫《ぬ》う

2019年4月25日　第1刷　　定価はカバーに表示してあります。

著　者　谷《たに》　瑞恵《みずえ》

発行者　徳永　真

発行所　株式会社　集英社

東京都千代田区一ツ橋2-5-10　〒101-8050

電話　【編集部】03-3230-6095
【読者係】03-3230-6080
【販売部】03-3230-6393（書店専用）

印　刷　凸版印刷株式会社

製　本　凸版印刷株式会社

フォーマットデザイン　アリヤマデザインストア　　マークデザイン　居山浩二

ISBN978-4-08-745860-2 C0193